Passion et vertu

ŒUVRES PRINCIPALES

Mémoires d'un fou
Madame Bovary
Salammbô
L'Éducation sentimentale
La Tentation de saint Antoine
Trois contes (*Librio n° 45*)
Bouvard et Pécuchet
Dictionnaire des idées reçues (*Librio n° 175*)

Gustave Flaubert

Passion et vertu

et autres textes de jeunesse

Texte intégral

LA PESTE À FLORENCE

C'est que je te hais d'une haine de frère.
Alexandre DUMAS, *Don Juan de Marana*

I

Il y avait autrefois, à Florence, une femme d'environ soixante ans que l'on appelait Beatricia ; elle habitait dans le quartier le plus misérable de la ville, et ses seuls moyens de vivre se réduisaient à dire la bonne aventure aux grands seigneurs, et à vendre quelques drogues à ses voisins pauvres, lorsqu'ils étaient malades. La mendicité complétait ses revenus.

Elle avait dû être grande dame dans sa jeunesse, mais alors elle était si voûtée qu'on lui voyait à peine la figure ; ses traits étaient irréguliers, elle avait un grand nez aquilin, de petits yeux noirs, un menton allongé, et une large bouche, d'où sortaient deux ou trois dents longues, jaunes et chancelantes, répandait sans cesse de la salive sur sa lèvre inférieure. Son costume avait quelque chose de bizarre et d'étrange : son jupon était bleu et sa camisole noire ; quant à ses chaussures, elle marchait toujours nu-pieds en s'appuyant sur un bâton plus haut qu'elle.

Joignez à cela une magnifique chevelure blanche qui lui couvrait les épaules et le dos et qui tombait des deux côtés de son visage sans ordre et sans soin, car elle n'avait pas même un simple bandeau pour les retenir.

Le jour, et une partie de la nuit, elle se promenait dans les rues de Florence, mais le soir elle rentrait chez elle pour manger et pour dire la bonne aventure à ceux qui n'avaient pas voulu s'arrêter en public devant une pareille femme et qui avaient honte de leur superstition.

Un jour donc, elle fut accostée par deux jeunes gens de distinction qui lui ordonnèrent de les conduire chez elle ; elle obéit et se mit à marcher devant eux.

Pendant la route, et en traversant les rues sombres et tortueuses du vieux quartier de la ville, le plus jeune des deux témoignait ses craintes à l'autre et lui reprochait l'envie démesurée qu'il avait de se faire dire son avenir.

— Quelle singulière idée as-tu, lui disait-il, de vouloir aller chez cette femme ? cela est-il sensé ? Songe que maintenant il est près de 8 heures, que le jour baisse ; songe encore qu'en allant dans ce sale quartier de la plus vile populace, nos riches épées, les plumes de nos feutres et nos fraises de dentelles peuvent faire supposer qu'il y a de l'or.

— Oh ! tu es fou, Garcia, interrompit François, quel lâche tu fais !

— Mais enfin, cette femme, la connais-tu ? Sais-tu son nom ?

— Oui, c'est Beatricia.

Ce mot produisit un singulier effet sur le jeune homme et l'arrêta tout court, d'autant plus que la devineresse, entendant prononcer son nom, s'était retournée ; et cette pâle figure, avec ses longs cheveux blancs que le vent agitait légèrement, le fit tressaillir.

Garcia comprima sa crainte et continua de marcher silencieusement, mais se rapprochant de plus en plus de son frère François.

Enfin, au bout d'une demi-heure de marche, ils arrivèrent devant une longue allée qu'il fallait traverser avant d'arriver chez Beatricia.

— Tu peux faire tes opérations ici, lui dit Garcia en s'adressant à la vieille femme.

— Impossible. Attendez encore quelques instants, nous voici arrivés.

Et elle ouvrit une porte qui donnait sur un escalier tortueux et en bois de chêne. Après avoir monté bien des marches, Beatricia ouvrit une autre porte ; c'était celle de son cabinet, éclairé par une lampe suspendue au plafond, mais sa pâle lumière éclairait si peu que l'obscurité était presque complète. Pourtant, avec quelque soin et comme l'appartement était bas et petit, on voyait dans l'ombre quelques têtes de morts, et si la main par hasard tâtonnait sur une grande table ronde qui se trouvait là, elle rencontrait aussitôt des herbes mouillées et de longs cheveux encore tout sanglants.

— Vite, dépêche-toi, dit François.

Beatricia lui prit la main, et l'ayant amené sous la lampe, elle lui dit :

— Tiens, vois-tu ces trois lignes en forme d'M ? cela est signe de bonheur ; les autres lignes qui s'entrecroisent et s'entrelacent vers le pouce indiquent qu'il y aura des discordes, des trahisons ; ta famille, toi-même, tu mourras par la trahison d'un de tes proches, mais, je te le dis, tu verras bientôt réussir tes projets.

— À moi, dit Garcia d'une voix tremblante.

Beatricia lui prit sa main droite ; elle était brûlante.

— Ta vie sera entremêlée de biens et de maux, mais le cancer de l'envie et de la haine te rongera le cœur, le glaive du meurtre sera dans ta main et tu trouveras dans le sang de ta victime l'expiation des humiliations de ta vie. Va !

— Adieu, femme de l'enfer ! dit Garcia en lui jetant une pièce d'or qui roula sur les pavés et alla frapper un crâne, adieu femme de Babylone ! que la malédiction du Ciel tombe sur ta maison et sur ta science et fasse que d'autres ne se laissent point prendre à tes discours !

Ils sortirent aussitôt, et l'escalier résonnait encore du bruit de leurs pas que Beatricia contemplait, par sa fenêtre, les étoiles qui brillaient au ciel et la lune qui argentait les toits de Florence.

II

Rentré chez Cosme, son père, Garcia ne put fermer l'œil de la nuit ; il se leva, n'en pouvant plus, car la fièvre battait avec violence dans ses artères, et il rêva toute la nuit à la prédiction de Beatricia.

Je ne sais si, comme moi, vous êtes superstitieux, mais il faut avouer qu'il y avait dans cette vieille femme aux longs cheveux blancs, dans son costume, dans toute sa personne, dans ses paroles sinistres, dans cet appareil lugubre qui décorait son appartement avec des crânes humains et avec des cheveux d'exécutés, quelque chose de fantastique, de triste, et même d'effrayant qui devait, au XVIIe siècle, en Italie, à Florence, et la nuit, effrayer un homme tel que Garcia de Médicis.

Il avait alors vingt ans, c'est-à-dire que depuis vingt ans il était en proie aux railleries, aux humiliations, aux insultes de sa famille. En effet, c'était un homme méchant, traître et haineux que Garcia de Médicis, mais qui dit que cette méchanceté maligne, cette sombre et ambitieuse jalousie qui tourmentèrent ses jours, ne prirent pas naissance dans toutes les tracasseries qu'il eut à endurer ?

Il était faible et maladif ; François était fort et robuste ; Garcia était laid, gauche, il était mou, sans énergie, sans esprit ; François était un beau cavalier aux belles manières, c'était un galant homme, il maniait habilement un cheval et forçait le cerf aussi aisément que le meilleur chasseur des États du pape.

C'était donc l'aîné, le chéri de la famille : à lui tous les honneurs, les gloires, les titres et les dignités ; au pauvre Garcia, l'obscurité et le mépris.

Cosme chérissait son fils aîné, il avait demandé pour lui le cardinalat, il était sur le point de l'obtenir, tandis que le cadet était resté simple lieutenant dans les troupes de son père.

Il y avait déjà longtemps que la haine de Garcia couvait lentement dans son cœur, mais la prédiction de la vieille compléta l'œuvre que l'orgueil avait commencée. Depuis qu'il savait que son frère allait être cardinal, cette idée-là lui faisait mal ; dans sa haine, il souhaitait la mort de François.

« Oh ! comment, se disait-il à lui-même en pleurant de rage et la tête dans ses mains, oh ! comment ! cet homme que je déteste sera Mgr le cardinal François ! plus qu'un duc ! qu'un roi ! presque le pape ! et moi... Ah ! moi, son frère, toujours pauvre et obscur, comme le valet d'un bourgeois ! Quand on verra dans les rues de Florence la voiture de Monseigneur qui courra sur les dalles, si quelque enfant ignorant des choses de ce monde demande à sa mère : "Quels sont ces hommes rouges derrière le cardinal ?" – "Ses valets." – "Et cet autre qui le suit à cheval, habillé de noir ?" – "Son frère." Son frère, qui le suit à cheval ! Ah ! dérision et pitié ! Et dire qu'il faudra respecter ce cardinal, qu'il faudra l'appeler Monseigneur et se prosterner à ses pieds ! Ah ! quand j'étais jeune et pur, quand je croyais encore à l'avenir, au bonheur, à Dieu, je méprisais les sarcasmes de l'impie. Ah ! je comprends maintenant les joies du sang, les délices de la vengeance, et l'athéisme et l'impureté ! »

Et il sanglotait.

Le jour était déjà venu, quand on vit de loin accourir un courrier aux armes du pape. Il se dirigea vers le palais ducal ; Garcia le vit, et il pleura amèrement.

III

C'était par une folle nuit d'Italie, au mois d'août, à Florence ; le palais ducal était illuminé, le peuple dansait sur les places publiques ; partout c'était des danses, des rires et du bruit, et pourtant la peste avait exercé ses ravages sur Florence et avait décimé ses habitants.

Au palais aussi c'était des danses, des rires et du bruit, mais non de joie, car la peste, là aussi, avait fait ses ravages dans le cœur d'un homme, l'avait comprimé et l'avait endurci, mais une autre peste que la contagion ; le malheur qui étreignait Garcia dans ses serres cruelles le serra si fort qu'il le broya comme le verre du festin entre les mains d'un homme ivre.

Or, c'était Cosme de Médicis qui donnait toutes ces réjouissances publiques parce que son fils chéri, François de Médicis, était nommé cardinal ; c'était sans doute pour distraire le peuple des événements sinistres qui le préoccupaient. Pauvre peuple ! que l'on amuse avec du fard et des costumes de théâtre, tandis qu'il agonise. Oh ! c'est que souvent un rire cache une larme ! Peut-être qu'au milieu de la danse, dans le salon du duc, quelqu'un des danseurs allait tomber sur le parquet et se convulsionner, à la lueur des lustres et des glaces. Qui dit que cette jeune femme ne va pas s'évanouir tout à coup ? peut-être son délire commence-t-il ? Tenez, voyez-vous ses mains qui se crispent, ses pieds qui trépignent, ses dents qui claquent ? elle agonise, elle râle, ses mains défaillantes errent sur sa robe de satin, et elle expire dans sa parure de bal.

La fête était resplendissante et belle, Cosme avait appelé tous les savants et les artistes de l'Italie, le cardinal François était au comble de la gloire et des honneurs ; on lui jetait des couronnes, des fleurs, des odes, des vers ; c'était des louanges, des flatteries, des adulations.

Dans un coin de la salle on voyait, à un des groupes les plus considérables, un homme dont le maintien sérieux annonçait sans doute quelque profession savante, vêtu de noir ; c'était le Dr Roderigo, le médecin et l'ami des Médicis.

C'était un singulier homme que le Dr Roderigo. Alchimiste assez distingué pour son époque, il était peu versé dans la science qui le faisait vivre, et savait bien mieux celle dont il ne s'occupait que comme passe-temps. L'étude des livres et celle des hommes avaient imprimé sur sa figure un certain sourire sceptique et moqueur qui effaçait légèrement les rides sombres de son front. Dans sa jeunesse, il avait beaucoup étudié, surtout la philosophie et la théologie, mais au fond, n'y ayant trouvé que doute et dégoût, il avait abandonné l'hypothèse pour la réalité et le livre pour le monde, autre livre aussi, où il y a tant à lire !

Il était alors à s'entretenir avec le comte Salfieri et le duc de Florence. Il aimait particulièrement l'entretien de ce dernier, parce qu'il trouvait là quelqu'un qui écoutait tous ses discours sans objection et qui répondait toujours par un oui approbatif, et lorsqu'on a une opinion hasardeuse, un système nouveau, on préfère l'exposer à un homme supérieur à vous par le sang et inférieur par les moyens ; voilà pourquoi le Dr Roderigo, qui était un homme de beaucoup d'esprit, aimait assez la société de Cosme II de Médicis, qui n'en avait guère.

Il y avait déjà près de deux heures qu'il tenait le duc dans une dissertation sur les miracles de l'Ancien Testament et déjà plusieurs fois Cosme s'était avoué vaincu, car à sa religion simple et naïve Roderigo opposait de puissantes objections et une logique vive et pressante.

— Rangez-vous donc, lui dit Salfieri, vous empêchez cette jeune fille de danser ; allons autre part, ici nous gênons. Voulez-vous une partie de dés ?

— Volontiers, répondit le médecin, saisissant cette occasion de finir la conversation, car il avait quelquefois peur d'humilier le complaisant prince.

Quant à celui-ci, après chaque entretien qu'il avait eu avec son médecin, il s'en allait toujours avec une croyance de moins, une illusion détruite et un vide de plus dans l'âme ; il le quittait en disant tout bas : « Ce diable de Roderigo, il est bien instruit, il est bien habile, mais, Dieu me pardonne ! si ce n'est pas péché de croire un pareil homme ! pourtant ce qu'il dit est vrai ! »

Et le lendemain il courait entamer avec lui quelque discussion philosophique.

Sa magnificence s'était largement déployée dans la fête de ce jour, et rarement on en avait vu de pareille. Tout était beau, digne et somptueux ; c'était riche, c'était grandiose.

Mais au milieu de toutes ces figures, où le luxe et la richesse éclataient, au milieu de ces femmes parées de perles, de fleurs et de diamants, entre les lustres, les glaces, au bruit du boléro qui bondissait, au milieu du bourdonnement de la fête, au retentissement de l'or sur les tables, au milieu donc de tout ce qu'il y avait d'enivrant dans le bal, d'entraînant dans la danse, d'enchanteur dans cette longue suite d'hommes et de femmes richement parés, où il n'y avait que doux sourires, galantes paroles, on voyait apparaître là, au milieu du bal, comme le spectre de Banco, la haute figure de Garcia, sombre et pâle.

Il était venu là aussi, lui, tout comme un autre, apporter au milieu des rires et de la joie sa blessure saignante et son profond chagrin ; il contemplait tout cela d'un œil morne et triste, comme quelqu'un d'indifférent aux petites joies factices de la vie, comme le mourant regarde le soleil sur son grabat d'agonie.

À peine si, depuis le commencement du bal, quelqu'un lui avait adressé la parole ; il était seul au milieu de tant de monde, seul avec son chagrin qui le rongeait, et le bruit de la danse lui faisait mal, la vue de son frère l'irritait à un tel point que quelquefois, en regardant toute cette foule joyeuse et en pensant à lui-même, à lui désespéré et misérable sous son habit de courtisan, il touchait à la garde de son épée, et il était tenté de déchirer avec ses ongles la femme dont la robe l'effleurait en passant, l'homme qui dansait devant lui, pour narguer la fête et pour nuire aux heureux.

Son frère s'aperçut qu'il était malade et vint à lui d'un air bienveillant.

— Qu'as-tu ? Garcia ? lui dit-il, qu'as-tu ? ta main crève ton gant, tu tourmentes la garde de ton épée.

— Moi ? Oh ! je n'ai rien, monseigneur.

— Tu es fier, Garcia.

— Oh ! oui, je suis fier, bien fier, plus fier que toi peut-être ; c'est la fierté du mendiant qui insulte le grand seigneur dont le cheval l'éclabousse.

Et il accompagna ces derniers mots d'un rire forcé.

Le cardinal lui avait tourné le dos, haussant les épaules, et il alla recevoir les félicitations du duc de Bellamonte, qui arrivait alors suivi d'un nombreux cortège.

Un homme venait de s'évanouir sur une banquette ; le premier valet qui passait par là le prit dans ses bras et l'emmena hors de la salle, personne ne s'informa de cet homme.

C'était Garcia.

IV

Quelques archers, rangés en ordre dans la cour, attendaient l'arrivée des seigneurs pour partir ; car leurs chevaux
étaient impatients et ils piaffaient tous, désireux qu'ils étaient
de courir dans la plaine. Les chiens, que chaque cavalier
tenait en laisse, aboyaient autour d'eux en leur mordant les
jambes, et déjà plus d'un juron, plus d'un coup de cravache,
avaient calmé l'ardeur de quelques-uns.

Le duc et sa famille étaient prêts et n'attendaient plus que
quelques dames et le bon Dr Roderigo, qui arriva monté sur
une superbe mule noire.

La grande porte s'ouvrit et l'on se mit en route, les hommes montés sur des chevaux, la carabine sur l'épaule et le
couteau de chasse au côté gauche ; quant aux dames, elles
suivaient par-derrière, montées sur des haquenées et le fau-
con au poing.

Cosme et le cardinal ouvraient la marche ; en passant sous
la porte, la jument de ce dernier eut peur de la toque rouge
d'une des sentinelles et fit un bond qui faillit renverser son
cavalier.

— Mauvais présage, grommela le duc.

— Bah ! est-ce que vous croyez à ces niaiseries-là ? Vous
plaisantez, sans doute ? dit Roderigo.

Cosme se tut et enfonça l'éperon dans le flanc de son cheval qui partit au trot ; on le suivit.

Le bruit des chevaux sur le pavé, celui des épées qui battaient sur la selle firent mettre tous les habitants aux fenêtres
pour voir passer le cortège de Mgr le duc Cosme II de Médicis, qui allait à la chasse avec son fils le cardinal.

Arrivée sur une grande place, la compagnie se divisa en
trois bandes différentes, le premier piqueur donna du cor et
les cavaliers partirent au galop dans les rues de Florence.

Cosme était avec Roderigo, Garcia avec François, et Bellamonte, avec les dames et les archers, devait forcer le gibier.

Le temps était sombre et disposé à l'orage, l'air était étouf-
fant et les chevaux étaient déjà blancs d'écume.

Il fait beau dans les bois, on y respire un air frais et pur ;
alors on était en plein midi, et chacun éprouvait la douce
sensation que procure l'ombrage lorsqu'on voit au loin passer
quelque rayon de soleil à travers les branches, car il faut vous
dire que l'on était alors dans la forêt.

Garcia, vêtu de noir, sombre et pensif, avait suivi machinalement son frère qui s'était écarté pour aller à la piste du

cerf, dont il venait tout à l'heure de perdre les traces. Ils se
trouvèrent bientôt isolés et seuls dans un endroit où, le bois
devenant de plus en plus épais, il leur fut impossible d'avan-
cer ; ils s'arrêtèrent, descendirent de cheval et s'assirent sur
l'herbe.

— Te voilà donc cardinal ! dit vivement Garcia qui jusqu'alors avait été silencieux et triste ; ah ! te voilà cardinal.

Il tira son épée.

— Un cardinal !

Et il rit de son rire forcé et éclatant, dont le timbre avait
quelque chose de cruel et de féroce.

— Cela t'étonne, Garcia ?

— Oh ! non. Te souviens-tu de la prédiction de Beatricia ?

— Oui, eh bien ?

— Te souviens-tu de la chambre où il y avait des cheveux
d'exécutés et des crânes humains ? te souviens-tu de ses longs
cheveux blancs ? N'est-ce pas, hein, mon cardinal, n'est-ce
pas que cette femme avait quelque chose de satanique dans
sa personne et d'infernal dans son regard ?

Et ses yeux brillaient avec une expression qui fit frémir
François.

— Où veux-tu en venir avec cette femme ?

— Te souvient-il de sa prédiction ? te souvient-il qu'elle
t'avait dit que tes projets réussiraient ? Oui, n'est-ce pas ? Tu
vois que j'ai la mémoire bonne, quoiqu'il y ait deux jours et
que ces deux jours aient été pour moi aussi longs que des
siècles ! Ah ! il y a dans la vie des jours qui laissent le soir
plus d'une ride au front !

Et des larmes roulaient dans ses yeux.

— Tu m'ennuies, Garcia, lui dit brusquement son frère.

— Je t'ennuie ! Ah ! eh bien ! tes projets ont réussi, la prédiction s'est accomplie, mais oublies-tu qu'elle avait dit que
le cancer de la jalousie et de la rage m'abîmerait l'âme ?
oublies-tu qu'elle avait dit que le sang serait mon breuvage,
et un crime la joie de ma vie ? Oublies-tu cela ? Va ! la prédiction est juste. Vois-tu la trace des larmes que j'ai versées
depuis deux jours ? Vois-tu les places de ma tête où manquent
les cheveux ? Vois-tu les marques rouges de mes joues ?
Vois-tu comme ma voix est cassée et affaiblie ? car j'ai arraché mes cheveux de colère, je me suis déchiré le visage avec
les ongles et j'ai passé les nuits à crier de rage et de désespoir.

Il sanglotait, et on eût dit que le sang allait sortir de ses
veines.

— Tu es fou, Garcia, dit le cardinal en se levant effrayé.

— Fou ? oh ! oui, fou, assassin ? peut-être ! Écoute, monseigneur le cardinal François nommé par le pape, écoute – c'était un duel terrible, à mort, mais un duel à outrage dont le récit fait frémir d'horreur – tu as eu l'avantage jusqu'alors, la société t'a protégé, tout est juste et bien fait ; tu m'as supplicié toute ma vie, je t'égorge maintenant !

Et il l'avait renversé d'un bras furieux et tenait son épée sur sa poitrine.

— Oh ! pardon, pardon, Garcia, disait François d'une voix tremblante, que t'ai-je fait ?

— Ce que tu m'as fait ? tiens !

Et il lui cracha au visage.

— Je te rends injure pour injure, mépris pour mépris ; tu es cardinal, j'insulte ta dignité de cardinal ; tu es beau, fort et puissant, j'insulte ta force, ta beauté et ta puissance, car je te tiens sous moi, tu palpites de crainte sous mon genou. Ah ! tu trembles ? Tremble donc et souffre, comme j'ai tremblé et souffert. Tu ne savais pas, toi dont la sagesse est si vantée, combien un homme ressemble au démon, quand l'injustice l'a rendu bête féroce. Ah ! je souffre de te voir vivre, tiens !

....

Et un cri perçant partit de dessous le feuillage et fit envoler un nid de chouettes.

Garcia remonta sur son cheval et partit au galop, il avait des taches de sang sur sa fraise de dentelles.

Les bons habitants de Florence furent réveillés vers minuit par un grand bruit de chevaux et de cavaliers qui traversaient les rues avec des torches et des flambeaux.

C'était Mgr le duc qui revenait de la chasse.

Plus loin suivaient silencieusement quatre valets portant une litière ; ils avaient l'air de vouloir passer inaperçus et ils marchaient à petits pas. À côté d'eux il y avait un homme qui paraissait leur chef, il était triste, enveloppé de son manteau, et, la tête baissée sur sa poitrine, il semblait vouloir comprimer des larmes.

Quand on arriva au château du duc, une femme courut au-devant des chasseurs en demandant où était le cardinal. Quand elle aperçut la litière, elle demanda au duc son mari :

— Qu'y a-t-il là-dedans ?

L'homme au manteau lança à Garcia un regard sévère et froid, puis, hésitant quelques secondes, il dit avec un accent qui faisait mal à entendre :

— Un cadavre.

V

Un demi-jour éclairait l'appartement, et les rideaux bien fermés n'y laissaient entrer qu'une lumière douce et paisible. Un homme s'y promenait à grands pas. C'était un vieillard, il paraissait avoir des pensées qui lui remuaient fortement l'âme, il allait à sa table et y prenait une épée nue, qu'il examinait avec répugnance ; tantôt il allait vers le fond, où était tendu un large rideau noir autour duquel venaient bourdonner les mouches.

Il faisait frais dans cette chambre et l'on y sentait même quelque chose d'humide et de sépulcral, semblable à l'odeur d'un amphithéâtre de dissection.

Enfin il s'arrêta tout à coup et frappant du pied avec colère :

— Oh ! oui, oui, que justice se fasse ! Il le faut, le sang du juste crie vengeance vers nous : eh bien ! vengeance !

Et il ordonna à un de ses valets d'appeler Garcia.

Ses lèvres étaient blanches et ridées comme quelqu'un qui sort d'un accès de fièvre.

Garcia arriva bientôt, et ses cheveux noirs, rejetés en arrière, laissaient voir un front pâle où la malédiction de Dieu semblait empreinte.

— Vous m'avez demandé, mon père, dit-il en entrant.

— Oui. Ah ! tu es déjà en toilette ? tu as changé d'habit ? ce ne sont pas ceux que tu portais hier ; les taches se font bien voir sur un vêtement noir, n'est-ce pas, Garcia ? Tes doigts sont humides ; oh ! tu as bien lavé tes mains, tu t'es parfumé les cheveux.

— Mais pourquoi ces questions, mon père ?

— Pourquoi ? Ah ! Garcia, mon fils !... N'est-ce pas, sur mon honneur, que la chasse est un royal plaisir ? mais quelquefois on oublie son gibier, et s'il ne se trouvait pas quelqu'un assez complaisant pour le ramasser...

Il prit son épée, et amenant Garcia au fond de la chambre, il ouvrit le rideau de la main gauche et détournant les yeux :

— Vois et contemple !

Étendu sur un lit, le cadavre était nu, et le sang suintait encore de ses blessures ; la figure était horriblement contractée, ses yeux étaient ouverts et tournés du côté de Garcia, et ce regard morne et terne de cadavre lui fit claquer des dents ; la bouche était entrouverte, et quelques mouches à viande venaient bourdonner jusque sur ses dents ; il y en avait alors cinq ou six qui restèrent collées dans du sang figé qu'il avait sur la joue ; puis, il y avait ce teint livide de la peau, cette blancheur des ongles et quelques meurtrissures sur les bras et sur les genoux.

Garcia resta muet de stupeur et d'étonnement, il tomba à genoux, froid et immobile comme le cadavre du cardinal.

Quelque chose siffla dans l'air, l'on entendit le bruit d'un corps pesant qui tombait sur le parquet, et un râle horrible, un râle de forcené, un râle d'enfer retentit sous les voûtes.

VI

Florence était en deuil, ses enfants mouraient par la peste ; depuis un mois elle régnait en souveraine dans la ville, mais depuis deux jours surtout sa fureur avait augmenté. Le peuple mourait en maudissant Dieu et ses ministres, il blasphémait dans son délire, et sur son lit d'angoisse et de douleur, s'il lui restait un mot à dire, c'était une malédiction. Et puisqu'il était sûr de sa fin prochaine, il se vautrait, en riant stupidement, dans la débauche et dans toute la boue du vice.

C'est qu'il est dans l'existence d'un homme de tels malheurs, des douleurs si vives, des désespoirs si poignants, que l'on abandonne, pour le plaisir d'insulter celui qui nous fait souffrir, et que l'on jette avec mépris sa dignité d'homme comme un masque de théâtre, et l'on se livre à ce que la débauche a de plus sale, le vice le plus dégradant, et on expire en buvant et au son de la musique. C'est l'exécuté qui s'enivre avant son supplice.

C'est alors que les philosophes devraient considérer l'homme, quand ils parlent de sa dignité et de l'esprit des masses !

Un événement important était pourtant venu distraire Florence plongée au milieu de ses cris de désespoir, de ses prières et de ses vœux ridicules : c'était la mort des deux fils de Cosme de Médicis, que le fléau n'avait pas plus épargnés que le dernier laquais du dernier bourgeois.

C'était ce jour-là qu'on faisait leurs obsèques, et le peuple pour un instant s'était soulevé de son matelas, avait ouvert sa fenêtre de ses mains défaillantes et moites de sueur, pour avoir la joie de contempler deux grands seigneurs que l'on portait en terre.

Le convoi passait, triste et recueilli dans son deuil pompeux, au milieu de Florence ; les corps de Garcia et de François étaient étendus sur des brancards tirés par des mules noires. Tout était calme et paisible et l'on n'entendait que le pas lent des mules sur le pavé, le bruit du brancard dont les timons craquaient à chaque mouvement, puis les chants de mort qui gémissaient à l'entour de ces deux cadavres, et dans le lointain, de divers côtés, on entendait, comme un chant de tristesse, le glas funèbre de la cloche qui gémissait de sa forte voix d'airain.

À côté des brancards marchaient le Dr Roderigo, le duc de Bellamonte, le comte de Salfieri.

— Est-il possible, dit ce dernier en s'adressant au médecin, est-il possible qu'un homme tué de la peste ait de si larges balafres ?

Et il lui montrait les blessures de Garcia.

— Oui... quelquefois... ce sont des ventouses.

Et l'on n'entendait que le chant des morts et le glas funèbre des cloches qui gémissaient par les airs.

Moralité

Car à toutes choses il en faut.

1836

QUIDQUID VOLUERIS

Études psychologiques

I

À moi donc mes souvenirs d'insomnie ! à moi mes rêves de pauvre fou ! venez tous ! venez tous, mes bons amis les diablotins, vous qui la nuit sautez sur mes pieds, courez sur mes vitres, montez au plafond, et puis, violets, verts, jaunes, noirs, blancs, avec de grandes ailes, de longues barbes, remuez les cloisons de la chambre, les ferrures de la porte, et de votre souffle faites vaciller la lampe qui pâlit sous vos lèvres verdâtres.

Je vous vois, bien souvent, dans les pâles nuits d'hiver, venir tous paisiblement, couverts de grands manteaux bruns qui tranchent bien sur la neige des toits, avec vos petits crânes osseux comme des têtes de morts ; vous arrivez tous par le trou de ma serrure, et chacun va réchauffer ses longs ongles à la barre de ma cheminée qui jette encore une tiède chaleur.

Venez tous, enfants de mon cerveau, donnez-moi pour le moment une de vos folies, de vos rires étranges, et vous m'au-rez épargné une préface comme les modernes et une invo-cation à la Muse comme les anciens.

II

— Contez-nous votre voyage au Brésil, mon cher ami, disait par une belle soirée du mois d'août Mme de Lansac à son neveu Paul, cela amusera Adèle.

Or Adèle était une jolie blonde, bien nonchalante, qui se pendait à son bras, dans les allées sablées du parc.

M. Paul répondit :

— Mais, ma tante, j'ai fait un excellent voyage, je vous assure.

— Vous me l'avez déjà dit.

— Ah ! fit-il.

Et il se tut. Le silence des promeneurs dura longtemps, et chacun marchait sans penser à son voisin, l'un effeuillant une rose, l'autre remuant de ses pieds le sable des allées, un troisième regardant la lune à travers les grands ormes, que leurs branches entrécartées laissaient apparaître limpide et calme.

Encore la lune ! mais elle doit nécessairement jouer un grand rôle, c'est le *sine qua non* de toute œuvre lugubre, comme les claquements de dents et les cheveux hérissés ; mais enfin, ce jour-là, il y avait une lune.

Pourquoi me l'ôter, ma pauvre lune ? Ô ma lune, je t'aime ! tu reluis bien sur le toit escarpé du château, tu fais du lac une large bande d'argent, et à ta pâle lueur chaque goutte d'eau de la pluie qui vient de tomber, chaque goutte d'eau, dis-je, suspendue au bout d'une feuille de rose, semble une perle sur un beau sein de femme. Ceci est bien vieux ! mais coupons là et revenons à nos moutons, comme dit Panurge.

Cependant, dans cette nonchalance affectée, dans cet abandon rêveur de cette grande fille, dont la taille se penche si gracieusement sur le bras de son cousin, il y a je ne sais quoi de langoureux, et de roucoulant dans ces belles dents blanches qui se montrent pour sourire, dans ces cheveux blonds qui encadrent en larges boucles ce visage pâle et mignon ; il y a dans tout cela un parfum d'amour qui porte à l'âme une sensation délicieuse.

Ce n'était point une beauté méridionale et ardente, une de ces filles du Midi, à l'œil brûlant comme un volcan, aux passions brûlantes aussi ; son œil n'était pas noir, sa peau n'avait point un velouté d'Andalouse ; mais c'était quelque chose d'une forme vaporeuse et mystique, comme ces fées scandinaves au cou d'albâtre, aux pieds nus sur la neige des montagnes, et qui apparaissent dans une belle nuit étoilée, sur le bord d'un torrent, légères et fugitives, au barde qui chante ses chants d'amour.

Son regard était bleu et humide, son teint était pâle, c'était une de ces pauvres jeunes filles qui ont des gastrites de naissance, boivent de l'eau, tapotent sur un piano bruyant la musique de Liszt, aiment la poésie, les tristes rêveries, les amours mélancoliques, et ont des maux d'estomac.

Elle aimait, qui donc ? ses cygnes qui glissaient sur l'étang, ses singes qui croquaient des noix que sa jolie main blanche leur passait à travers les barreaux de leurs cages ; et puis encore ses oiseaux, son écureuil, les fleurs du parc, ses beaux livres dorés sur tranche, et... son cousin, son ami d'enfance, M. Paul, qui avait de gros favoris noirs, qui était grand et fort, et qui devait l'épouser dans quinze jours.

Soyez sûr qu'elle sera heureuse avec un tel mari ! c'est un homme sensé par excellence, et je comprends dans cette catégorie tous ceux qui n'aiment point la poésie, qui ont un bon estomac et un cœur sec, qualités indispensables pour vivre jusqu'à cent ans, et faire sa fortune. L'homme sensé est celui qui sait vivre sans payer ses dettes, sait goûter un bon verre de vin, profite de l'amour d'une femme comme d'un habit dont on se couvre pendant quelque temps et puis qui le jette avec toute la friperie des vieux sentiments qui sont passés de mode.

En effet, vous répondra-t-il, qu'est-ce que l'amour ? une sottise, j'en profite ; et la tendresse ? une niaiserie, disent les géomètres ; or je n'en ai point ; et la poésie ? qu'est-ce que ça prouve ? aussi je m'en garde ; et la religion ? la patrie ? l'art ? fariboles et fadaises ! Pour l'âme, il y a longtemps que Cabanis et Bichat nous ont prouvé que les veines donnent au cœur, et voilà tout.

Voilà l'homme sensé, celui qu'on respecte et qu'on honore ; car il monte sa garde nationale, s'habille comme tout le monde, parle morale et philanthropie, vote pour les chemins de fer et l'abolition des maisons de jeu.

Il a un château, une femme, un fils qui sera notaire, une fille qui se mariera à un chimiste. Si vous le rencontrez à l'Opéra, il a des lunettes d'or, un habit noir, une canne, et prend des pastilles de menthe pour chasser l'odeur du cigare, car la pipe lui fait horreur, cela est si mauvais ton !

Paul n'avait point encore de femme, mais il allait en prendre une, sans amour, et par la raison que ce mariage-là doublerait sa fortune, et il n'avait eu besoin que de faire une simple addition pour voir qu'il serait riche alors de cinquante mille livres de rente ; au collège, il était fort en mathématiques. Quant à la littérature, il avait toujours trouvé ça bête.

La promenade dura longtemps, silencieuse et toute contemplative de la belle nuit bleue qui enveloppait les arbres, le bosquet, l'étang, dans un brouillard d'azur que perçaient les rayons de la lune, comme si l'atmosphère eût été couverte d'un voile de gaze.

On ne rentra dans le salon que vers 11 heures ; les bougies pétillaient et quelques roses, tombées de la jardinière d'acajou, étaient étendues sur le parquet ciré, pêle-mêle, effeuillées et foulées aux pieds. Qu'importe ! il y en avait tant d'autres !

Adèle sentait ses souliers de satin humectés par la rosée, elle avait mal à la tête et s'endormit sur le sofa, un bras pendant à terre ; Mme de Lansac était partie donner quelques ordres pour le lendemain et fermer toutes les portes, tous les verrous ; il ne restait que Paul et Djalioh.

Le premier regardait les candélabres dorés, la pendule de bronze dont le son argentin sonna minuit, le piano de Pape, les tableaux, les fauteuils, la table de marbre blanc, le sofa tapissé ; puis, allant à la fenêtre et regardant vers le plus fourré du parc :

— Demain, à 4 heures, il y aura du lapin.

Quant à Djalioh, il regardait la jeune fille endormie ; il voulut dire un mot, mais il fut dit si bas, si craintif, qu'on le prit pour un soupir.

Si c'était un mot ou un soupir, peu importe, mais il y avait là-dedans toute une âme !

III

Le lendemain, en effet, par un beau lever de soleil, le chasseur partit accompagné de sa grande levrette favorite, de ses deux chiens bassets et du garde qui portait, dans une large carnassière, la poudre, les balles, tous les ustensiles de chasse, et un énorme pâté de canard, que notre fiancé avait commandé lui-même depuis deux jours. Le piqueur, sur son ordre, donna du cor et ils s'avancèrent à grands pas dans la plaine.

Aussitôt, à une fenêtre du second étage, un contrevent vert s'ouvrit, et une tête entourée de longs cheveux blonds apparut à travers le jasmin qui montait le long du mur, et dont le feuillage tapissait les briques rouges et blanches du château. Elle était en négligé, ou du moins vous l'auriez présumé d'après l'abandon de ses cheveux, le laisser-aller de sa pose et l'entrebâillement de sa chemise garnie de mousseline, décolletée jusqu'aux épaules, et dont les manches ne venaient que jusqu'aux coudes. Son bras était blanc et rond, charnu, mais par malheur il s'égratigna quelque peu contre la muraille, en ouvrant précipitamment la fenêtre pour voir partir Paul ; elle lui fit un signe de main et lui envoya un baiser. Paul se détourna et, après avoir regardé longtemps cette tête d'enfant fraîche et pure, au milieu des fleurs, après avoir réfléchi que tout cela serait bientôt à lui, et les fleurs, et la jeune fille, et l'amour qu'il y avait dans tout cela, il dit : « Elle est gentille ! » Alors une main blanche ferma l'auvent, l'horloge sonna 4 heures, le coq se mit à chanter, et un rayon de soleil passant à travers la charmille vint darder sur les ardoises du toit. Tout redevint silencieux et calme.

À 10 heures, M. Paul n'était pas de retour ; on sonna le déjeuner et l'on se mit à table. La salle était haute et spacieuse, meublée à la Louis XV ; sur les dessus de la cheminée, on voyait, à demi effacée par la poussière, une scène pastorale : c'était une bergère bien poudrée, couverte de mouches, avec des paniers, au milieu de ses blancs moutons ; l'Amour volait au-dessus d'elle, et un joli carlin était étendu à ses pieds, assis sur un tapis brodé où l'on voyait un bouquet de roses lié par un fil d'or. Aux corniches étaient suspendus des œufs de pigeon, enfilés les uns aux autres et peints en blanc, avec des taches vertes.

Les lambris étaient d'un blanc pâle et terni, décoré çà et là de quelques portraits de famille, et puis des paysages coloriés, représentant des vues de Norvège ou de Russie, ou bien des montagnes de neige, des moissons, des vendanges, plus loin des gravures encadrées en noir. Ici c'est le portrait en pied de quelque président au Parlement, avec ses peaux d'hermine et sa perruque à trois marteaux ; plus loin un cavalier allemand qui fait caracoler son cheval, dont la queue, longue et fournie, se replie dans l'air et ondule comme les anneaux d'un serpent ; enfin quelques tableaux de l'école flamande avec ses scènes de cabaret, ses gaillardes figures toutes bouffies de bière et son atmosphère de fumée de tabac, sa joie, ses gros seins nus, ses gros rires sur de grosses lèvres, et ce franc matérialisme qui règne depuis l'enfant dont la tête frisée se plonge dans un pot de vin, jusqu'aux formes charnues de la bonne Vierge assise dans sa niche noircie et enfumée. Du reste les fenêtres, hautes et larges, répandaient une vive lumière dans l'appartement qui, malgré la vétusté de ces meubles, ne manquait pas d'un certain air de jeunesse, si vous aviez vu les deux fontaines de marbre aux deux bouts de la salle, et les dalles noires et blanches qui la pavaient. Mais le meuble principal, celui qui donnait le plus à penser et à sentir, était un immense canapé bien vieux, bien doux, bien mollet, tout chamarré de vives couleurs, de vert, de jaune, d'oiseaux de paradis, de bouquets de fleurs, le tout parsemé richement sur un fond de satin blanc et moelleux ; là, sans doute, bien des fois, après que les domestiques avaient enlevé les débris du souper, la châtelaine s'y rendait, et, assise sur ces frais coussins de satin, la pauvre femme attendait M. le chevalier qui arrivait sans vouloir déranger personne pour prendre un rafraîchissement, car par hasard il avait soif ; oui, là, sans doute, plus d'une jolie marquise, plus d'une grande comtesse, au court jupon, au teint rose, à la jolie main, au corsage étroit, entendit de doux propos que maint gentil abbé philosophe et athée glissait au milieu d'une conversation sur les sensations et les besoins de l'âme ; oui, il y eut là peut-être bien des petits soupirs, des larmes et des baisers furtifs.

Et tout cela avait passé ! les marquises, les abbés, les chevaliers, les propos des gentilshommes, tout s'était évanoui, tout avait coulé, fui, les baisers, les amours, les tendres épanchements, les séductions des talons rouges ; le canapé était resté à sa place, sur ses quatre pieds d'acajou, mais son bois était vermoulu et sa garniture en or s'était ternie et effilée.

Djalioh était assis à côté d'Adèle ; celle-ci fit la moue en s'asseyant et recula sa chaise, rougit, et se versa précipitamment du vin. Son voisin, en effet, n'avait rien d'agréable car depuis un mois qu'il était avec M. Paul dans le château, il n'avait pas encore parlé ; il était fantasque selon les uns, mélancolique, disaient les autres, stupide, fou, enfin muet, ajoutaient les plus sages ; il passait chez Mme de Lansac pour l'ami de M. Paul – un drôle d'ami, pensaient tous les gens qui le voyaient.

Il était petit, maigre et chétif ; il n'y avait que ses mains qui annonçassent quelque force dans sa personne ; ses doigts étaient courts, écrasés, munis d'ongles robustes et à moitié crochus. Quant au reste de son corps, il était si faible et si débile, il était couvert d'une couleur si triste et si languissante, que vous auriez gémi sur cet homme jeune encore et qui semblait né pour la tombe, comme ces jeunes arbres qui vivent cassés et sans feuilles. Son vêtement, complètement noir, rehaussait encore la couleur livide de son teint, car il était d'un jaune cuivré ; ses lèvres étaient grosses et laissaient voir deux rangées de longues dents blanches, comme celles des singes et des nègres. Quant à sa tête, elle était étroite et comprimée sur le devant, mais par-derrière elle prenait un développement prodigieux – ceci s'observait sans peine, car la rareté de ses cheveux laissait voir un crâne nu et ridé.

Il y avait sur tout cela un air de sauvagerie et de bestialité étrange et bizarre, qui le faisait ressembler plutôt à quelque animal fantastique qu'à un être humain. Ses yeux étaient ronds, grands, d'une teinte terne et fausse, et quand le regard velouté de cet homme s'abaissait sur vous, on se sentait sous le poids d'une étrange fascination ; et pourtant il n'avait point sur les traits un air dur ni féroce ; il souriait à tous les regards, mais ce rire était stupide et froid.

S'il eût ouvert la chemise qui touchait à cette peau épaisse et noire, vous eussiez contemplé une large poitrine qui semblait celle d'un athlète, tant les vastes poumons qu'elle contenait respiraient tout à l'aise sous cette poitrine velue.

Oh ! son cœur aussi était vaste et immense, mais vaste comme la mer, immense et vide comme sa solitude. Souvent, en présence des forêts, des hautes montagnes, de l'océan, son front plissé se déridait tout à coup, ses narines s'écartaient avec violence, et toute son âme se dilatait devant la nature comme une rose qui s'épanouit au soleil ; et il tremblait de tous ses membres, sous le poids d'une volupté intérieure, et la tête entre ses deux mains il tombait dans une léthargique mélancolie ; alors, dis-je, son âme brillait à travers son corps, comme les beaux yeux d'une femme derrière un voile noir.

Car ces formes si laides et si hideuses, ce teint jaune et maladif, ce crâne rétréci, ces membres rachitiques, tout cela prenait un tel air de bonheur et d'enthousiasme, il y avait tant de feu et de poésie dans ces vilains yeux de singe, qu'il semblait alors comme remué violemment par un galvanisme de l'âme. La passion, chez lui, devait être rage et l'amour une frénésie ; les fibres de son cœur étaient plus molles et plus sonores que celles des autres, la douleur se convertissait en des spasmes convulsifs et les jouissances en voluptés inouïes.

Sa jeunesse était fraîche et pure, il avait dix-sept ans – ou plutôt soixante, cent, et des siècles entiers, tant il était vieux et cassé, usé et battu par tous les vents du cœur, par tous les orages de l'âme. Demandez à l'océan combien il porte de rides au front ; comptez les vagues de la tempête !

Il avait vécu longtemps, bien longtemps, non point par la pensée ; les méditations du savant, ni les rêves, n'avaient point occupé un instant dans toute sa vie ; mais il avait vécu et grandi de l'âme, et il était déjà vieux par le cœur. Pourtant, ses affections ne s'étaient tournées sur personne, car il avait en lui un chaos des sentiments les plus étranges, des sensations les plus étranges ; la poésie avait remplacé la logique, et les passions avaient pris la place de la science. Parfois il lui semblait entendre des voix qui lui parlaient derrière un buisson de roses, et des mélodies qui tombaient des cieux ; la nature le possédait sous toutes ces forces, volupté de l'âme, passions violentes, appétit glouton.

C'était le résumé d'une grande faiblesse morale et physique, avec toute la véhémence du cœur, mais d'un fragile et qui se brisait d'elle-même à chaque obstacle, comme la foudre insensée qui renverse les palais, brûle les diadèmes, abat les chaumières et va se perdre dans une flaque d'eau.

Voilà le monstre de la nature qui était en contact avec M. Paul, cet autre monstre, ou plutôt cette merveille de la civilisation, et qui en portait tous les symboles, grandeur de l'esprit, sécheresse du cœur. Autant l'un avait d'amour pour les épanchements de l'âme, les douces causeries du cœur, autant Djalioh aimait les rêveries de la nuit et les songes de sa pensée. Son âme se prenait à ce qui était beau et sublime, comme le lierre aux débris, les fleurs au printemps, la tombe au cadavre, le malheur à l'homme, s'y cramponnait et mourait avec lui ; où l'intelligence finissait, le cœur prenait son empire ; il était vaste et infini, car il comprenait le monde dans son amour.

Aussi il aimait Adèle, mais d'abord comme la nature entière, d'une sympathie douce et universelle ; puis peu à peu cet amour augmenta à mesure que sa tendresse sur les autres êtres diminuait.

En effet, nous naissons tous avec une certaine somme de tendresse et d'amour que nous jetons gaiement sur les premières choses venues, des chevaux, des places, des honneurs, des trônes, des femmes, des voluptés, quoi, enfin ? à tous les vents, tous les courants rapides ; mais réunissons cela, et nous aurons un trésor immense. Jetez des tonnes d'or à la surface du désert, le sable les engloutira bientôt ; mais réunissez-les en un monceau, et vous formerez des pyramides.

Eh bien ! il concentra bientôt toute son âme sur une seule pensée, et il vécut de cette pensée.

IV

La fatale quinzaine s'était évanouie dans une longue attente pour la jeune fille, dans une froide indifférence pour son futur époux.

La première voyait dans le mariage un mari, des cachemires, une loge à l'Opéra, des courses au bois de Boulogne, des bals tout l'hiver, oh ! tant qu'elle voudra ! et puis encore tout ce qu'une fillette de dix-huit ans rêve dans ses songes dorés et dans son alcôve fermée.

Le mari, au contraire, voyait dans le mariage une femme, des cachemires à payer, une petite poupée à habiller, et puis encore tout ce qu'un pauvre mari rêve lorsqu'il mène sa femme au bal.

Celui-là, pourtant, était assez fat pour croire toutes les femmes amoureuses de lui-même ; c'est une question qu'il s'adressait toutes les fois qu'il se regardait dans sa glace et lorsqu'il avait bien peigné ses favoris noirs.

Il avait pris une femme parce qu'il s'ennuyait d'être seul chez lui et qu'il ne voulait plus avoir de maîtresse, depuis qu'il avait découvert que son domestique en avait une ; en outre, le mariage le forcera à rester chez lui, et sa santé ne s'en trouvera que mieux ; il aura une excuse pour ne plus aller à la chasse, et la chasse l'ennuie ; enfin, la meilleure de toutes les raisons, il aura de l'amour, du dévouement, du bonheur domestique, de la tranquillité, des enfants... bah ! bien mieux que tranquillité, bonheur, amour, cinquante mille livres de rente en bonnes fermes, en jolis billets de banque qu'il placera sur les fonds d'Espagne.

Il avait été à Paris, avait acheté une corbeille de dix mille francs, avait fait cent vingt invitations pour le bal, et était revenu au château de sa belle-mère, le tout en huit jours ; c'était un homme prodigieux.

C'était donc par un dimanche de septembre que la noce eut lieu. Ce jour-là, il faisait humide et froid, un brouillard épais pesait sur la vallée, le sable du jardin s'attachait aux frais souliers des dames.

La messe se dit à 10 heures, peu de monde y assista ; Djalioh s'y laissa pousser par le flot des villageois et entra ; l'encens brûlait sur l'autel, on respirait à l'entour un air chaud et parfumé. L'église était basse, ancienne, petite, barbouillée de blanc ; le conservateur intelligent en avait ménagé les vitraux. Tout autour du chœur il y avait les conviés, le maire, son conseil municipal, des amis, le notaire, un médecin, et les chantres en surplis blancs. Tout cela avait des gants blancs, un air serein, chacun tirait de sa bourse une pièce de cinq francs, dont le son argentin, tombant sur le plateau, interrompait la monotonie des chants d'église ; la cloche sonnait.

Djalioh se ressouvint de l'avoir entendue, un jour, chanter aussi sur un cercueil ; il avait vu également des gens vêtus de noir prier sur un cadavre. Et puis, portant ses regards sur la fiancée en robe blanche, courbée à l'autel, avec des fleurs au front et un triple collier de perles sur sa gorge nue et ondulante, une horrible pensée le glaça tout à coup ; il chancela et s'appuya dans une niche de saint, vide en grande partie ; une figure seule restait – elle était grotesque et horrible à faire peur.

À côté d'elle, il était là, lui, son bien-aimé, celui qu'elle regardait si complaisamment, avec ses yeux bleus et ses grands sourcils noirs comme deux diamants enchâssés dans l'ébène. Il avait un lorgnon en écaille incrusté d'or, et il lorgnait toutes les femmes en se dandinant sur son fauteuil de velours cramoisi.

Djalioh était là, debout, immobile et muet, sans qu'on remarquât ni la pâleur de sa face, ni l'amertume de son sourire, car on le croyait indifférent et froid comme le monstre de pierre qui grimaçait sur sa tête ; et pourtant, la tempête régnait en son âme et la colère couvait dans son cœur, comme les volcans d'Islande sous leurs têtes blanchies par les neiges. Ce n'était point une frénésie brutale et expansive, mais l'action se passait intimement, sans cris, sans sanglots, sans blasphèmes, sans effort ; il était muet, et son regard ne parlait pas plus que ses lèvres ; son œil était de plomb et sa figure était stupide.

De jeunes et jolies femmes vivent longtemps avec un teint frais, une peau douce, blanche, satinée, puis elles languissent, leurs yeux s'éteignent, s'affaiblissent, se closent enfin ; et puis cette femme gracieuse et légère, qui courait les salons avec des fleurs dans les cheveux, dont les mains étaient si blanches et exhalaient une odeur de musc et de rose, eh bien ! un beau jour, un de vos amis, s'il est médecin, vous apprend que deux pouces plus bas que l'endroit où elle était décolletée, elle avait un cancer, et qu'elle est morte ; la fraîcheur de la peau était celle du cadavre. C'est là l'histoire de toutes les passions intimes, de tous ces sourires glacés.

Le rire de la malédiction est horrible, c'est un supplice de plus que de comprimer la douleur. Ne croyez donc plus alors aux sourires, ni à la joie, ni à la gaieté ; à quoi faut-il donc croire ? – Croyez à la tombe, son asile est inviolable et son sommeil est profond.

Quel gouffre s'élargit sous nous à ce mot : éternité ! Pensons un instant à ce que veulent dire ces mots : vie, mort, désespoir, joie, bonheur ; demandez-vous un jour que vous pleurerez sur quelque tête chère et que vous gémirez, la nuit, sur un grabat d'insomnie, demandez-vous pourquoi nous vivons, pourquoi nous mourrons, et dans quel but ? à quel souffle de malheur, à quel souffle de désespoir, grains de sable que nous sommes, nous roulons ainsi dans l'ouragan ? Quelle est cette hydre qui s'abreuve de nos pleurs et se complaît à nos sanglots ? pourquoi tout cela ?... et alors le vertige vous prend, et l'on se sent entraîné vers un gouffre incommensurable, au fond duquel on entend vibrer un gigantesque rire de damné.

Il est des choses dans la vie et des idées dans l'âme qui vous attirent fatalement vers les régions sataniques, comme si votre tête était de fer et qu'un aimant de malheur vous y entraînât.

Oh ! une tête de mort ! ses yeux caves et fixes, la teinte jaune de sa surface, sa mâchoire ébréchée, serait-ce donc là la réalité, et le vrai serait-il le néant ?

C'est dans cet abîme sans fond du doute le plus cuisant, de la plus amère douleur, que se perdait Djalioh. En voyant cet air de fêtes, ces visages riants, en contemplant Adèle, son amour, sa vie, le charme de ses traits, la suavité de ses regards, il se demanda pourquoi tout cela lui était refusé – semblable à un condamné qu'on fait mourir de faim devant des vivres et que quelques barreaux de fer séparent de l'existence. Il ignorait aussi pourquoi ce sentiment-là était distinct des autres, car autrefois, si quelqu'un, dans la chaude Amérique, venait lui demander une place à l'ombre de ses palmiers, un fruit de ses jardins, il l'offrait ; pourquoi donc, se demandait-il, l'amour que j'ai pour elle est-il si exclusif et si entier ? C'est que l'amour est un monde, l'unité est indivisible.

Et puis il baissa la tête sur sa poitrine et pleura longtemps en silence, comme un enfant. Une fois seulement, il laissa échapper un cri rauque et perçant comme celui d'un hibou, mais il alla se confondre avec la voix douce et mélodieuse de l'orgue qui chantait un *Te Deum*. Les sons étaient purs et nourris, ils s'élevèrent en vibrant dans la nef et se mêlèrent à l'encens.

Il s'aperçut ensuite qu'il y avait une grande rumeur dans la foule, que les chaises remuaient et qu'on sortait ; un rayon de soleil pénétrait à travers les vitraux de l'église ; il fit reluire le peigne en or de la fiancée, et brilla pour quelques instants sur les barres dorées du cimetière, seule distance qui séparât la mairie de l'église. L'herbe des cimetières est verte, haute, épaisse, et bien nourrie ; les conviés eurent les pieds mouillés, leurs bas blancs et leurs escarpins reluisants furent salis ; ils jurèrent après les morts.

Le maire se trouvait à son poste, debout, au bout d'une table carrée couverte d'un tapis vert. Quand on en vint à prononcer le *oui* fatal, M. Paul sourit, Adèle pâlit, et Mme de Lansac sortit son flacon de sels.

Adèle alors réfléchit, la pauvre jeune fille n'en revenait pas d'étonnement ; elle qui, quelque temps auparavant, était si folle, si pensive, qui courait dans les prairies, qui lisait les romans, les vers, les contes, qui galopait sur sa jument grise à travers les allées de la forêt, qui aimait tant à entendre le bruissement des feuilles, le murmure des ruisseaux, elle se trouvait tout à coup *une dame*, c'est-à-dire quelque chose qui a un grand châle et qui va seule dans les rues ! Tous ces vagues pressentiments, ces commotions intimes du cœur, ce besoin de poésie et de sensation qui la faisaient rêver sur l'avenir, sur elle-même, tout cela allait se trouver expliqué, pensait-elle, comme si elle allait se réveiller d'un songe !

Hélas ! tous ces pauvres enfants du cœur et de l'imagination allaient se trouver étouffés au berceau, entre les soins du ménage et les caresses qu'il faudra prodiguer à un être hargneux, qui a des rhumatismes et des cors aux pieds, et qu'on appelle un mari !

Quand la foule s'écarta pour laisser passer le cortège, Adèle se sentit la main piquée comme par une griffe de fer : c'était Djalioh qui, en passant, l'avait égratignée avec ses ongles ; son gant devint rouge de sang, elle s'entoura de son mouchoir de batiste. En se retournant pour monter en calèche, elle vit encore Djalioh appuyé sur le marchepied ; un frisson la saisit et elle s'élança dans la voiture.

Il était pâle comme la robe de la mariée ; ses grosses lèvres, crevassées par la fièvre et couvertes de boutons, se remuaient vivement comme quelqu'un qui parle vite ; ses paupières clignotaient et sa prunelle roulait lentement dans son orbite, comme les idiots.

V

Le soir, il y eut un bal au château et des lampions à toutes les fenêtres. Il y avait nombreux cortège d'équipages, de chevaux et de valets.

De temps en temps, on voyait une lumière apparaître à travers les ormes ; elle s'approchait de plus en plus en suivant mille détours dans les tortueuses allées ; enfin elle s'arrêtait devant le perron, avec une calèche tirée par des chevaux ruisselants de sueur. Alors la portière s'ouvrait et une femme descendait ; elle était jeune ou vieille, laide ou belle, en rose ou en blanc, comme vous voudrez, et puis, après avoir rétabli l'économie de sa coiffure par quelques coups de main donnés à la hâte, dans le vestibule, à la lueur des quinquets, et au milieu des arbres verts et des fleurs et du gazon qui tapissaient les murs, elle abandonnait son manteau et son boa aux laquais. Elle entrait ; on ouvre les portes à deux battants, on l'annonce, il se fait un grand bruit de chaises et de pieds, on se lève, on fait un salut, et puis il s'ensuit ces mille et une causeries, ces petits riens, ces charmantes futilités qui bourdonnent dans les salons et qui voltigent de côté et d'autre, comme des brouillards légers dans une serre chaude.

La danse commença à 10 heures, et, au-dedans, on entendait le glissement des souliers sur le parquet, le frôlement des robes, le bruit de la musique, les sons de la danse ; et au-dehors, le bruissement des feuilles, les voitures qui roulaient au loin sur la terre mouillée, les cygnes qui battaient de l'aile sur l'étang, les aboiements de quelque chien de village après les sons qui partaient du château, et puis quelques causeries naïves et railleuses des paysans, dont les têtes apparaissaient à travers les vitres du salon.

Dans un coin, était un groupe de jeunes gens, les amis de Paul, ses anciens compagnons de plaisir, en gants jaunes ou azurés, avec des lorgnons, des fracs en queue de morue, des têtes Moyen Âge et des barbes comme Rembrandt et toute l'école flamande n'en vit et n'en rêva jamais.

— Dis-moi donc, de grâce, disait l'un d'eux, membre du Jockey-Club, quelle est cette mine renfrognée et plissée comme une vieille, celle qui est là, derrière la causeuse où est ta femme ?

— Ça ? c'est Djalioh.

— Qu'est-ce, Djalioh ?

— Oh ! ceci, c'est toute une histoire.

— Conte-nous-la, dit un des jeunes gens qui avait des cheveux aplatis sur les deux oreilles et la vue basse, puisque nous n'avons rien pour nous amuser.

— Au moins du punch ? repartit vivement un monsieur, grand, maigre, pâle et aux pommettes saillantes.

— Quant à moi, je n'en prendrai pas, et pour cause... c'est trop fort.

— Des cigares ? dit le membre du Jockey-Club.

— Fi, des cigares ! y penses-tu, Ernest ! devant des femmes ?

— Elles en sont folles au contraire, j'ai dix maîtresses qui fument comme des dragons, dont deux ont culotté à elles seules toutes mes pipes.

— Moi, j'en ai une qui boit du kirsch à ravir.

— Buvons ! dit un des amis qui n'aimait ni les cigares, ni le punch, ni la danse, ni la musique.

— Non ! que Paul conte son histoire.

— Mes chers amis, elle n'est pas longue, la voilà tout entière : c'est que j'ai parié avec M. Petterwell, un de mes amis qui est planteur au Brésil, un ballot de Virginie contre Mirsa, une de ses esclaves, que les singes... oui, qu'on peut élever un singe, c'est-à-dire qu'il m'a défié de faire passer un singe pour un homme.

— Eh bien ! Djalioh est un singe ?

— Imbécile ! pour ça, non !

— Mais enfin...

— C'est qu'il faut vous expliquer que, dans mon voyage au Brésil, je me suis singulièrement amusé. Petterwell avait une esclave noire nouvellement débarquée du vieux canal de Bahama – le diable m'emporte si je me rappelle son nom ! – enfin, cette femme-là n'avait pas de mari, le ridicule ne devait retomber sur personne, elle était bien jolie, je l'achetai à Petterwell ; jamais la sotte ne voulait de moi, elle me trouvait probablement plus laid qu'un sauvage.

Tous se mirent à rire, Paul rougit.

— Enfin, un beau jour, comme je m'ennuyais, j'achetai à un nègre le plus bel orang-outang qu'on eût jamais vu. Depuis longtemps, l'Académie des sciences s'occupait de la solution d'un problème : savoir s'il pouvait y avoir un métis de singe et d'homme. Moi, j'avais à me venger d'une petite sotte de négresse, et voilà qu'un jour, après mon retour de la chasse, je trouve mon singe, que j'avais enfermé dans ma chambre avec l'esclave, évadé et parti, l'esclave en pleurs et tout ensanglantée des griffes de Bell. Quelques semaines après, elle sentit des douleurs de ventre et des maux de cœur. Bien ! Enfin, cinq mois après, elle vomit pendant plusieurs jours consécutifs ; j'étais pour le coup presque sûr de mon affaire. Une fois, elle eut une attaque de nerfs si violente qu'on la saigna des quatre membres, car j'aurais été au désespoir de la voir mourir ; bref, au bout de sept mois, un beau jour elle accoucha sur le fumier. Elle en mourut quelques heures après, mais le poupon se portait à ravir, j'étais, ma foi, bien content, la question était résolue. J'ai envoyé de suite le procès-verbal à l'Institut et le ministre, à sa requête, m'envoya la croix d'honneur.

— Tant pis, mon cher Paul, c'est bien canaille maintenant.

— Raison d'écolier ! ça plaît aux femmes, elles regardent ça en souriant pendant qu'on leur parle. Enfin j'élevai l'enfant, je l'aimai comme un père.

— Ah ! ah ! fit un monsieur qui avait des dents blanches et qui riait toujours, pourquoi ne l'avez-vous pas amené en France dans vos autres voyages ?

— J'ai préféré le faire rester dans sa patrie jusqu'à mon départ définitif, d'autant plus que l'âge fixé par le pari était seize ans, car il fut conclu la première année de mon arrivée à Janeiro ; bref, j'ai gagné Mirsa, j'ai eu la croix à vingt ans, et de plus j'ai fait un enfant par des moyens inusités.

— Infernal ! dantesque ! dit un ami pâle.

— Risible ! cocasse ! dit un autre qui avait de grosses joues et un teint rouge.

— Bravo ! dit le cavalier.

— À faire crever de rire ! dit, en se tordant de plaisir sur une causeuse élastique, un homme sautant et frétillant comme une carpe, petit, court, au front plat, aux yeux petits, le nez épaté, les lèvres minces, rond comme une pomme et bourgeonné comme un cantaloup ; le coup était fameux et partait d'un maître ! jamais un homme ordinaire n'aurait fait cela.

— Eh bien ! que fait-il, Djalioh ? aime-t-il les cigares ! dit le fumeur en en présentant plein ses deux mains, et en les laissant tomber avec intention sur les genoux d'une dame.

— Du tout, mon cher, il les a en horreur.

— Chasse-t-il ?

— Encore moins, les coups de fusil lui font peur.

— Sûrement il travaille, il lit, il écrit tout le jour ?

— Il faudrait pour cela qu'il sache lire et écrire.

— Aime-t-il les chevaux ? demanda le convalescent.

— Du tout.

— C'est donc un animal inerte et sans intelligence. Aime-t-il le sexe ?

— Un jour, je l'ai mené chez les filles, et il s'est enfui emportant une rose et un miroir.

— Décidément c'est un idiot, fit tout le monde.

Et le groupe se sépara pour aller grimacer et faire des courbettes devant les dames qui, de leur côté, bâillaient et minaudaient en l'absence des danseurs.

L'heure avançait rapidement, au son de la musique qui bondissait sur le tapis, entre la danse et les femmes ; minuit sonna pendant qu'on galopait.

Djalioh était assis, depuis le commencement du bal, sur un fauteuil, à côté des musiciens ; de temps en temps il quittait sa place et changeait de côté. Si quelqu'un de la fête, gai et insouciant, heureux du bruit, content des vins, enivré enfin de toute cette chaîne de femmes aux seins nus, aux lèvres souriantes, aux doux regards, l'apercevait, aussitôt il devenait pâle et triste ; voilà pourquoi sa présence gênait, et il paraissait là comme un fantôme ou un démon.

Une fois, les danseurs fatigués s'assirent, tout alors devint plus calme, on passa de l'orgeat, et le bruit seul des verres sur les plateaux interrompait le bourdonnement de toutes les voix qui parlaient. Le piano était ouvert, un violon était dessus, un archet à côté. Djalioh saisit l'instrument, il le tourna plusieurs fois entre ses mains comme un enfant qui manie un jouet, il toucha à l'archet, et le plia si fort qu'il faillit le briser plusieurs fois. Enfin, il approcha le violon de son menton ; tout le monde se mit à rire, tant la musique était fausse, bizarre, incohérente ; il regarda tous ces hommes, toutes ces femmes, assis, courbés, pliés, étalés sur des banquettes, des chaises, des fauteuils, avec de grands yeux ébahis ; il ne comprenait pas tous ces rires et cette joie subite ; il continua.

Les sons étaient d'abord lents, mous, l'archet effleurait les cordes et les parcourait depuis le chevalet jusqu'aux chevilles, sans rendre presque aucun son ; puis, peu à peu, sa tête s'anima, s'abaissant graduellement sur le bois du violon, son front se plissa, ses yeux se fermèrent, et l'archet sautillait sur les cordes comme une balle élastique, à bonds précipités ; la musique était saccadée, remplie de notes aiguës, de cris déchirants ; on se sentait, en l'entendant, sous le poids d'une oppression terrible, comme si toutes ces notes eussent été de plomb et qu'elles eussent pesé sur la poitrine. Et puis c'était des arpèges hardis, des octaves qui montaient, des notes qui couraient en masse et puis qui s'envolaient comme une flèche gothique, des sauts précipités, des accords chargés ; et tous ces sons, tout ce bruit de cordes et de notes qui sifflent, sans mesure, sans chant, sans rythme, une mélodie nulle, des pensées vagues et coureuses qui se succédaient comme une ronde de démons, des rêves qui passent et s'enfuient, poussés

34

par d'autres, dans un tourbillon sans repos, dans une course sans relâche.

Djalioh tenait avec force le manche de l'instrument, et chaque fois qu'un de ses doigts se relevait de la touche, son ongle faisait vibrer la corde qui sifflait en mourant. Quelquefois il s'arrêtait, effrayé du bruit, souriait bêtement et reprenait avec plus d'amour le cours de ses rêveries ; enfin, fatigué, il s'arrêta, écouta longuement, pour voir si tout cela allait revenir, mais rien ! la dernière vibration de la dernière note était morte d'épuisement. Chacun se regarda, étonné d'avoir laissé durer si longtemps un si étrange vacarme.

La danse recommença ; comme il était près de 3 heures, on dansa un cotillon, les jeunes femmes seules restaient, les vieilles étaient parties ainsi que les hommes mariés et poitrinaires.

On ouvrit donc, pour faciliter la valse, la porte du salon, celles du billard et de la salle à manger, qui se succédaient immédiatement ; chacun prit sa valseuse, on entendit le son fêlé de l'archet qui frappait le pupitre et l'on se mit en train.

Djalioh était debout, appuyé sur un battant de la porte, la valse passait devant lui, tournoyante, bruyante, avec des rires et de la joie ; chaque fois il voyait Adèle tournoyer devant lui et puis disparaître, revenir et disparaître encore ; chaque fois il la voyait s'appuyer sur un bras qui soutenait sa taille, fatiguée qu'elle était de la danse et des plaisirs, et chaque fois il sentait en lui un démon qui frémissait et un instinct sauvage qui rugissait dans son âme, comme un lion dans sa cage ; chaque fois, à la même mesure répétée, au même coup d'archet, à la même note, au bout d'un même temps, il voyait passer devant lui le bas d'une robe blanche, à fleurs roses, et deux souliers de satin qui s'entrebâillaient, et cela dura longtemps, vingt minutes environ. La danse s'arrêta. Oppressée, elle essuya son front, et puis elle repartit plus légère, plus sauteuse, plus jolie et plus rose que jamais.

C'était un supplice infernal, une douleur de damné. Quoi ! sentir dans sa poitrine toutes les forces qu'il faut pour aimer et avoir l'âme navrée d'un feu brûlant, et puis ne pouvoir éteindre le volcan qui vous consume, ni briser ce lien qui vous attache ! être là, attaché à un roc aride, la soif à la gorge, comme Prométhée, voir sur son ventre un vautour qui vous dévore, et ne pouvoir, dans sa colère, le serrer de ses deux mains et l'écraser ! « Oh ! pourquoi, se demandait Djalioh dans son amère douleur, la tête baissée, pendant que la valse courait et tourbillonnait, folle de plaisir, que les femmes dansaient et que la musique vibrait en chantant, pourquoi donc ne suis-je pas comme tout cela, heureux, dansant ? pourquoi suis-je laid comme cela et pourquoi ces femmes ne le sont-elles pas ? pourquoi fuient-elles quand je souris ? pourquoi donc je souffre ainsi et je m'ennuie, et je me hais moi-même ? Oh ! si je pouvais la prendre, elle, et puis déchirer tous les habits qui la couvrent, mettre en pièces et en morceaux les voiles qui la cachent, et puis la prendre dans mes deux bras, fuir avec elle loin, à travers les bois, les prés, les prairies, traverser les mers et enfin arriver à l'ombre d'un palmier, et puis là, la regarder bien longtemps et faire qu'elle me regarde aussi, qu'elle me saisisse de ses deux bras nus, et puis... ah !... » – et il pleurait de rage.

Les lampes s'éteignaient, la pendule sonna 5 heures, on entendit quelques voitures qui s'arrêtaient, et puis danseurs et danseuses prirent leurs vêtements et partirent, les valets fermèrent les auvents et sortirent.

Djalioh était resté à sa place, et quand il releva la tête, tout avait disparu ; les femmes, la danse et les sons, tout s'était envolé ; et la dernière lampe pétillait encore dans quelques gouttes d'huile qui lui restaient à vivre.

En ce moment-là, l'aube apparut à l'horizon derrière les tilleuls.

VI

Il prit une bougie et monta dans sa chambre. Après avoir ôté son habit et ses souliers, il sauta sur son lit, abaissa sa tête sur son oreiller et voulut dormir, mais impossible !

Il entendait dans sa tête un bourdonnement prolongé, un fracas singulier, une musique bizarre, la fièvre battait dans ses artères, et les veines de son front étaient vertes et gonflées, son sang bouillonnait dans ses veines, lui montait au cerveau et l'étouffait. Il se leva et ouvrit sa fenêtre ; l'air frais du matin calma ses sens. Le jour commençait et les nuages fuyaient avec la lune aux premiers rayons de la clarté ; la nuit, il regarda longtemps les mille formes fantastiques que dessinent les nuages, puis il tourna la vue vers sa bougie, dont le disque lumineux éclairait ses rideaux de soie verte ; enfin, au bout d'une heure, il sortit.

La nuit durait presque encore et la rosée était suspendue à chaque feuille des arbres ; il avait plu longtemps, les allées

foulées par les roues des voitures étaient grasses et boueuses ;
Djalioh s'enfonça dans les plus tortueuses et les plus obscures.
Il se promena longtemps dans le parc, foulant à ses pieds
les premières feuilles d'automne, jaunies et emportées par les
vents. Marchant sur l'herbe mouillée, à travers la charmille,
au bruit de la brise qui agitait les arbres, il entendait dans le
lointain les premiers sons de la nature qui s'éveille.

Qu'il est doux de rêver ainsi, en écoutant avec délices le
bruit de ses pas sur les feuilles sèches et sur le bois mort que
le pied brise, de se laisser aller dans des chemins sans barrière, comme le courant de la rêverie qui emporte votre âme !
et puis, une pensée triste et poignante souvent vous saisit
longtemps, en contemplant ces feuilles qui tombent, ces
arbres qui gémissent et cette nature entière qui chante tristement, à son réveil, comme au sortir du tombeau. Alors
quelque tête chérie vous apparaît dans l'ombre, une mère,
une amie, et les fantômes, qui passent le long du mur noir,
tous graves et dans des surplis blancs ; et puis, le passé
revient aussi comme un autre fantôme, le passé avec ses
peines, ses douleurs, ses larmes et ses quelques rires ; enfin
l'avenir, qui se montre à son tour, plus varié, plus indéfini,
entouré d'une gaze légère, comme ces sylphides qui s'élèvent
d'un buisson et qui s'envolent avec les oiseaux. On aime à
entendre le vent qui passe à travers les arbres en faisant plier
leur tête, et qui chante comme un convoi des morts, et dont
le souffle agite vos cheveux et rafraîchit votre front brûlant.

C'était dans des pensées plus terribles qu'était perdu Djalioh. Une mélancolie rêveuse, pleine de caprice et de fantai-
sie, provient d'une douleur tiède et longue ; mais le désespoir
est matériel et palpable ; c'était, au contraire, la réalité qui
l'écrasait.

Oh ! la réalité ! fantôme lourd comme un cauchemar, et
qui pourtant n'est qu'une durée, comme l'esprit !

Pour lui, que lui faisait le passé qui était perdu, et l'avenir
qui se résumait dans un mot insignifiant : la mort ? Mais
c'était le présent qu'il avait, la minute, l'instant, qui l'obsé-
dait ; c'était ce présent même qu'il voulait anéantir, le briser
du pied, l'égorger de ses mains. Lorsqu'il pensait à lui, pauvre et désespéré, les bras vides, le bal et ses fleurs, et ces
femmes, Adèle, et ses seins nus, et son épaule, et sa main
blanche, lorsqu'il pensait à tout cela, un rire sauvage éclatait
sur sa bouche et retentissait dans ses dents, comme un tigre
qui a faim et qui se meurt ; il voyait dans son esprit le sourire

37

de Paul, les baisers de sa femme ; il les voyait tous deux étendus sur une couche soyeuse, s'entrelaçant de leurs bras avec des soupirs et des cris de volupté ; il voyait jusqu'aux draps qu'ils tordaient dans leurs étreintes, jusqu'aux fleurs qui étaient sur les tables, et les tapis et les meubles, et tout enfin qui était là ; et quand il reportait la vue sur lui, entouré des arbres, marchant seul sur l'herbe et les branches cassées, il tremblait ; il comprenait aussi la distance immense qui l'en séparait, et quand il en venait à se demander pourquoi tout cela était ainsi, alors une barrière infranchissable se présentait devant lui, et un voile noir obscurcissait sa pensée.

Pourquoi Adèle n'était-elle pas à lui ? Oh ! s'il l'avait, comme il serait heureux de la tenir dans ses bras, de reposer sa tête sur sa poitrine, et de la couvrir de ses baisers brûlants ! et il pleurait en sanglotant.

Oh ! s'il avait su, comme nous autres hommes, comment la vie, quand elle vous obsède, s'en va et part vite avec la gâchette d'un pistolet, s'il avait su que pour six sols un homme est heureux, et que la rivière engloutit bien les morts !... Mais non ! le malheur est dans l'ordre de la nature, elle nous a donné le sentiment de l'existence pour le garder plus longtemps.

Il arriva bientôt aux bords de l'étang, les cygnes s'y jouaient avec leurs petits, ils glissaient sur le cristal, les ailes ouvertes et le cou replié sur le dos ; les plus gros, le mâle et la femelle, nageaient ensemble au courant rapide de la petite rivière qui traversait l'étang ; de temps en temps, ils tournaient l'un vers l'autre leur long cou blanc et se regardaient en nageant, puis ils revenaient derrière eux, se plongeaient dans l'eau et battaient de l'aile sur la surface de l'eau qui se trouvait agitée de leurs jeux, lorsque leur poitrine s'avançait comme la proue d'une nacelle.

Djalioh contempla la grâce de leurs mouvements et la beauté de leurs formes ; il se demanda pourquoi il n'était pas cygne, et beau comme ces animaux ; lorsqu'il s'approchait de quelqu'un, on s'enfuyait, on le méprisait parmi les hommes ; que n'était-il donc beau comme eux ? Pourquoi le Ciel ne l'avait-il pas fait cygne, oiseau, quelque chose de léger, qui chante et qu'on aime ? ou plutôt que n'était-il le néant ? « Pourquoi, disait-il en faisant courir une pierre du bout de son pied, pourquoi ne suis-je pas comme cela ? je la frappe, elle court et ne souffre pas ! » Alors il sauta dans la barque, détacha la chaîne, prit les rames et alla aborder de l'autre côté, dans la prairie qui commençait à se parsemer de bestiaux.

Après quelques instants, il revint vers le château ; les domestiques avaient déjà ouvert les fenêtres et rangé le salon, la table était mise, car il était près de 9 heures, tant la promenade de Djalioh avait été lente et longue.

Le temps passe vite dans la joie, vite aussi dans les larmes, et ce vieillard court toujours sans perdre haleine.

Cours vite, marche sans relâche, fauche et abats sans pitié, vieille chose à cheveux blancs ; marche et cours toujours, traîne ta misère, toi qui es condamné à vivre, et mène-nous bien vite dans la fosse commune, où tu jettes ainsi tout ce qui barre ton chemin !

VII

Après le déjeuner, la promenade, car le soleil perçant les nuages commençait à se montrer.

Les dames voulurent se promener en barque, la fraîcheur de l'eau les délasserait de leurs fatigues de la nuit.

La société se divisa en trois bandes. Dans la même étaient Paul, Djalioh et Adèle. Elle avait l'air fatiguée et le teint pâle, sa robe était de mousseline bleue avec des fleurs blanches, elle était plus belle que jamais. Adèle accompagna son époux, par sentiment des convenances. Djalioh ne comprit pas cela ; autant son âme embrassait tout ce qui était de sympathie et d'amour, autant son esprit résistait à tout ce que nous appelons délicatesse, usage, honneur, pudeur et convenance. Il se mit sur le devant et rama.

Au milieu de l'étang était une petite île formée à dessein pour servir de refuge aux cygnes ; elle était plantée de rosiers, dont les branches pliées se miraient dans l'eau en y laissant quelques fleurs fanées. La jeune femme émietta un morceau de pain, puis le jeta sur l'eau, et aussitôt les cygnes accoururent, allongeant leur cou pour saisir les miettes qui couraient emportées par la rivière. Chaque fois qu'elle se penchait et que la main blanche s'allongeait, Djalioh sentait son haleine passer dans ses cheveux et ses joues effleurer sa tête, qui était brûlante. L'eau du lac était limpide et calme, mais la tempête était dans son cœur ; plusieurs fois il crut devenir fou, et il portait les mains à son front, comme un homme en délire et qui croit rêver.

Il ramait vite, et cependant la barque avançait moins que les autres, tous ses mouvements étaient saccadés et convulsifs. De temps en temps, son œil terne et gris se tournait lentement sur Adèle et se reportait sur Paul ; il paraissait calme, mais comme le calme de la cendre qui couvre un brasier ; et puis l'on n'entendait que la rame qui tombait dans l'eau, l'eau qui clapotait lentement sur les flancs de la nacelle et quelques mots échangés entre les époux – et puis ils se regardaient en souriant, et les cygnes couraient en nageant sur l'étang ; le vent faisait tomber quelques feuilles sur les promeneurs et le soleil brillait au loin sur les vertes prairies où serpentait la rivière, et la barque glissait entre tout cela, rapide et silencieuse.

Djalioh, une fois, se ralentit, porta sa main à ses yeux et la retira quelques instants après toute chaude et toute humide ; il reprit ses rames, et les pleurs qui roulaient sur ses mains se perdirent dans le ruisseau. M. Paul, voyant qu'il était éloigné de la compagnie, prit la main d'Adèle et déposa sur son gant satiné un long baiser de bonheur qui retentit aux oreilles de Djalioh.

VIII

Mme de Lansac avait une quantité de singes – c'est une passion de vieille femme – seules créatures qui, avec les chiens, ne repoussent pas leur amour.

Ceci est dit sans maligne intention, et s'il y en avait une, ce serait plutôt pour plaire aux jeunes qui les haïssent mortellement. Lord Byron disait qu'il ne pouvait voir sans dégoût manger une jolie femme ; il n'a peut-être jamais pensé à la société de cette femme, quarante ans plus tard, et qui se résumera en son carlin et sa guenon. Toutes les femmes que vous voyez si jeunes et si fraîches, eh bien ! si elles ne meurent pas avant la soixantaine, auront donc un jour la manie des chiens au lieu de celle des hommes, et vivront avec un singe au lieu d'un amant.

Hélas ! c'est triste, mais c'est vrai ; et puis, après avoir ainsi jauni pendant une douzaine d'années et racorni comme un vieux parchemin, au coin de son feu, en compagnie d'un chat, d'un roman, de son dîner et de sa bonne, cet ange de beauté mourra et deviendra un cadavre, c'est-à-dire une charogne qui pue – et puis un peu de poussière, le néant, de l'air fétide emprisonné dans une tombe.

Il y a des gens que je vois toujours à l'état de squelette et dont le teint jaune me semble bien pétri de la terre qui va les contenir.

Je n'aime guère les singes, et pourtant j'ai tort, car ils me semblent une imitation parfaite de la nature humaine. Quand je vois un de ces animaux – je ne parle pas ici des hommes – il me semble me voir dans les miroirs grossissants : mêmes sentiments, mêmes appétits brutaux, un peu moins d'orgueil – et voilà tout.

Djalioh se sentait attiré vers eux par sympathie étrange, il restait souvent des heures entières à les contempler, plongé dans une méditation profonde ou dans une observation des plus minutieuses.

Adèle s'approcha de leurs cages communes – car les jeunes femmes aiment quelquefois les singes, probablement comme symboles de leurs époux – leur jeta des noisettes et des gâteaux ; aussitôt ils s'élancèrent dessus, se chamaillant, s'arrachant les morceaux, comme des députés les miettes qui tombent du fauteuil ministériel, et ils poussaient des cris comme des avocats. Un, surtout, s'empara du plus gros gâteau, le mangea bien vite, prit la plus belle noisette, la cassa avec ses ongles, l'éplucha et jeta les coquilles à ses compagnons d'un air de libéralité ; il avait tout autour de la tête une couronne de poils clairsemés sur son crâne rétréci, qui le faisait ressembler passablement à un roi. Un second était humblement assis dans un coin, les yeux baissés d'un air modeste, comme un prêtre, et prenant par-derrière tout ce qu'il ne pouvait pas voler en face. Un troisième enfin, c'était une femelle – avait les chairs flasques, le poil long, les yeux bouffis ; il allait et venait de tous côtés, avec des gestes lubriques qui faisaient rougir les demoiselles, mordant les mâles, les pinçant et sifflant à leurs oreilles ; celui-là ressemblait à mainte fille de joie de ma connaissance.

Tout le monde riait de leurs gentillesses et de leurs manières, c'était si drôle ! Djalioh seul ne riait pas, assis par terre, les genoux à la hauteur de la tête, les bras sur les jambes et les yeux à demi morts tournés vers un seul point.

L'après-midi on partit pour Paris ; Djalioh était encore placé en face d'Adèle, comme si la fatalité se plaisait perpétuellement à rire de ses douleurs. Chacun, fatigué, s'endormait au doux balancement des soupentes et au bruit des roues qui allaient lentement dans les grandes ornières creusées par la pluie, et les pieds des chevaux enfonçaient en glissant dans la boue ; une glace, ouverte derrière Djalioh, donnait de l'air dans la voiture, et le vent soufflait sur ses épaules et dans son cou.

Tous laissaient aller leurs têtes sommeillantes au mouvement de la calèche ; Djalioh seul ne dormait pas, et la tenait baissée sur sa poitrine.

IX

On était aux premiers jours du mois de mai, il était alors, je crois, 7 heures du matin, le soleil se levait et illuminait de sa splendeur tout Paris, qui s'éveillait par un beau jour de printemps.

Mme Paul de Monville s'était levée de bonne heure et s'était retirée dans un salon pour y terminer bien vite, avant l'heure du bain, du déjeuner et de la promenade, un roman de Balzac.

La rue qu'habitaient les mariés était dans le faubourg Saint-Germain, déserte, large, et toute couverte de l'ombre que jetaient les grands murs, les hôtels hauts et élevés, et les jardins qui se prolongeaient avec leurs acacias, leurs tilleuls, dont les touffes, épaisses et frémissantes, retombaient par-dessus les murs où les brins d'herbe perçaient entre les pierres. Rarement on entendait du bruit, si ce n'est celui de quelque équipage roulant sur le pavé avec ses deux chevaux blancs, ou bien encore, la nuit, celui de la jeunesse revenant d'une orgie ou d'un spectacle avec quelques ribaudes aux seins nus, aux yeux rougis, aux vêtements déchirés.

C'était dans un de ces hôtels qu'habitait Djalioh, avec M. Paul et sa femme, et depuis bientôt deux ans il s'était passé bien des choses dans son âme, et les larmes contenues y avaient creusé une fosse profonde.

Un matin – c'était ce jour-là dont je vous parle – il se leva et sortit dans le jardin où un enfant d'un an environ, entouré de mousseline, de gazes, de broderies, d'écharpes coloriées, dormait dans un berceau en nacelle dont la flèche était dorée aux rayons du soleil.

Sa bonne était absente ; il regarda de tous côtés, s'approcha près, bien près du berceau, ôta vivement la couverture, puis il resta quelque temps à contempler cette pauvre créature sommeillante et endormie, avec ses mains potelées, ses formes arrondies, son cou blanc, ses petits ongles ; enfin, il le prit dans ses deux mains, le fit tourner en l'air sur sa tête,

42

et le lança de toutes ses forces sur le gazon, qui retentit du coup. L'enfant poussa un cri, et sa cervelle alla jaillir à dix pas auprès d'une giroflée.

Djalioh ouvrit ses lèvres pâles, et poussa un rire forcé qui était froid et terrible comme celui des morts. Aussitôt il s'avança vers la maison, monta l'escalier, ouvrit la porte de la salle à manger, la referma, prit la clef, celle du corridor également, et, arrivé au vestibule du salon, doucement, sur la pointe des pieds, et une fois entré il ferma la serrure à double tour. Un demi-jour l'éclairait à peine, tant les persiennes, soigneusement fermées, laissaient entrer peu de lumière.

Djalioh s'arrêta, et il n'entendit que le bruit des feuillets que retournait la main blanche d'Adèle, étendue mollement sur un sofa de velours rouge, et le gazouillement des oiseaux de la volière qui était sur la terrasse, et dont on entendait, à travers les jalousies vertes, les battements d'ailes sur le treillage en fer. Dans un coin du salon, à côté de la cheminée, était une jardinière en acajou toute remplie de fleurs embaumantes, roses, blanches, bleues, hautes ou touffues, avec un feuillage vert, une tige polie, et qui se miraient par-derrière dans une grande glace.

Enfin il s'approcha de la jeune femme et s'assit à côté d'elle. Elle tressaillit subitement et porta sur lui ses yeux bleus égarés ; sa robe de chambre, de mousseline blanche, était flottante, ouverte sur le devant, et ses deux jambes croisées dessinaient, malgré ses vêtements, la forme de ses cuisses. Il y avait tout autour d'elle un parfum enivrant ; ses gants blancs, jetés sur le fauteuil avec sa ceinture, son mouchoir, son fichu, tout cela avait une odeur si délicate et si particulière que les grosses narines de Djalioh s'écartèrent pour en aspirer la saveur.

Oh ! il y a, à côté de la femme qu'on aime, une atmosphère embaumée qui vous enivre.

— Que me voulez-vous ? dit-elle avec effroi, aussitôt qu'elle l'eut reconnu.

Et il s'ensuivit un long silence ; il ne répondit pas et fixa sur elle un regard dévorant, puis, se rapprochant de plus en plus, il prit sa taille de ses deux mains et déposa sur son cou un baiser brûlant, qui sembla pincer Adèle comme la morsure d'un serpent ; il vit sa chair rougir et palpiter.

— Oh ! je vais appeler au secours, s'écria-t-elle avec effroi. Au secours ! au secours ! Oh ! le monstre ! ajouta-t-elle en le regardant.

Djalioh ne répondit pas ; seulement il bégaya et frappa sa tête avec colère. Quoi ! ne pouvoir lui dire un mot ! ne pouvoir énumérer ses tortures et ses douleurs, et n'avoir à lui offrir que les larmes d'un animal et les soupirs d'un monstre ! Et puis, être repoussé comme un reptile ! être haï de ce qu'on aime et sentir devant soi l'impossibilité de rien dire ! être maudit et ne pouvoir blasphémer !

— Laissez-moi, de grâce ! laissez-moi ! est-ce que vous ne voyez pas que vous me faites horreur et dégoût ? Je vais appeler Paul, il va vous tuer.

Djalioh lui montra la clef qu'il tenait dans sa main et il s'arrêta. Huit heures sonnèrent à la pendule, et les oiseaux gazouillaient dans la volière ; on entendit le roulement d'une charrette qui passait, puis elle s'écarta.

— Eh bien ! allez-vous sortir ? laissez-moi, au nom du Ciel !

Et elle voulut se lever, mais Djalioh la retint par le pan de sa robe, qui se déchira sous ses ongles.

— J'ai besoin de sortir, il faut que je sorte... il faut que je voie mon enfant, vous me laisserez voir mon enfant !

Une idée atroce la fit frémir de tous ses membres, elle pâlit et ajouta :

— Oui, mon enfant ! il faut que je le voie... et tout de suite, à l'instant !

Elle se retourna et vit grimacer en face d'elle une figure de démon ; il se mit à rire si longtemps, si fort, et tout cela d'un seul éclat, qu'Adèle pétrifiée d'horreur tomba à ses pieds, à genoux.

Djalioh aussi se mit à genoux, puis il la prit, la fit asseoir de force sur ses genoux, et de ses deux mains il lui déchira tous les vêtements, il mit en pièces les voiles qui la couvraient ; et, quand il la vit tremblante comme la feuille, sans sa chemise, et croisant ses deux bras sur ses seins nus, en pleurant, les joues rouges et les lèvres bleuâtres, il se sentit sous le poids d'une oppression étrange ; puis il prit les fleurs, les éparpilla sur le sol, il tira les rideaux de soie rose et, lui, ôta ses vêtements.

Adèle le vit nu, elle trembla d'horreur et détourna la tête ; Djalioh s'approcha et la tint longuement serrée contre sa poitrine ; elle sentit alors, sur sa peau chaude et satinée, la chair froide et velue du monstre ; il sauta sur le canapé, jeta les coussins et se balança longtemps sur le dossier, avec un mouvement machinal et régulier de ses flexibles vertèbres ;

il poussait de temps en temps un cri guttural et il souriait entre ses dents.

Qu'avait-il de mieux à désirer ? une femme devant lui, des fleurs à ses pieds, un jour rose qui l'éclairait, le bruit d'une volière pour musique, et quelque pâle rayon de soleil pour l'éclairer !

Il cessa bientôt son exercice, courut sur Adèle, lui enfonça ses griffes dans la chair et l'attira vers lui ; il lui ôta sa chemise.

En se voyant toute nue dans la glace, entre les bras de Djalioh, elle poussa un cri d'horreur et pria Dieu ; elle voulait appeler au secours, mais impossible d'articuler une seule parole.

Djalioh, en la voyant ainsi, nue et les cheveux épars sur ses épaules, s'arrêta immobile de stupeur, comme le premier homme qui vit une femme ; il la respecta pendant quelque temps, lui arracha ses cheveux blonds, les mit dans sa bouche, les mordit, les baisa ; puis il se roula par terre sur les fleurs, entre les coussins, sur les vêtements d'Adèle, content, fou, ivre d'amour.

Adèle pleurait ; une trace de sang coulait sur ses seins d'albâtre.

Enfin sa féroce brutalité ne connut plus de bornes ; il sauta sur elle d'un bond, écarta ses deux mains, l'étendit par terre et l'y roula, échevelée. Souvent il poussait des cris féroces et étendait les deux bras, stupide et immobile, puis il râlait de volupté comme un homme qui se...

Tout à coup, il sentit sous lui les convulsions d'Adèle, ses muscles se raidirent comme le fer, elle poussa un cri et un soupir plaintifs qui furent étouffés par des baisers. Puis il la sentit froide, ses yeux se fermèrent, elle se roula sur elle-même et sa bouche s'ouvrit.

Quand il l'eut bien longtemps sentie immobile et glacée, il se leva, la retourna sur tous les sens, embrassa ses pieds, ses mains, sa bouche, et courut en bondissant sur les murailles. Plusieurs fois il reprit sa course ; une fois, cependant, il s'élança la tête la première sur la cheminée de marbre – et tomba, immobile et ensanglanté, sur le corps d'Adèle.

X

Quand on vint à trouver Adèle, elle avait sur le corps des traces de griffes larges, profondes ; pour Djalioh, il avait le crâne horriblement fracassé. On crut que la jeune femme, en défendant son honneur, l'avait tué avec un couteau.

Tout cela fut dans les journaux, et vous pensez s'il y en eut pour huit jours à faire des ah ! et des oh !

Le lendemain, on enterra les morts. Le convoi était superbe ; deux cercueils, celui de la mère et de l'enfant, et tout cela avec des panaches noirs, des cierges, des prêtres qui chantent, de la foule qui se presse et des hommes noirs en gants blancs.

XI

— C'est bien horrible ! s'écriait, quelques jours après, toute une famille d'épiciers réunis patriarcalement autour d'un énorme gigot, dont le fumet chatouillait l'odorat.

— Pauvre enfant ! dit la femme de l'épicier, aller tuer un enfant ! qu'est-ce qu'il lui avait fait ?

— Comment ! disait l'épicier, indigné dans sa vertu, homme éminemment moral, décoré de la croix d'honneur pour bonne tenue dans la Garde nationale et abonné au *Constitutionnel*, comment ! aller tuer *ct'e paure ptite* femme ! c'est indigne !

— Mais aussi, je crois que c'est l'effet de la passion, dit un gros garçon joufflu, le fils de la maison, qui venait d'achever sa quatrième à dix-sept ans, parce que son père était d'avis qu'on donnât de *l'inducation* à la jeunesse.

— Ah ! faut-il que des gens aient peu de retenue, dit le garçon épicier, en redemandant pour la troisième fois des haricots.

On sonna à la boutique, et il alla vendre pour deux sous de chandelles.

XII

Vous voulez une fin à toute force, n'est-ce pas ? et vous trouvez que je suis bien long à la donner : eh bien ! soit !

Pour Adèle, elle fut enterrée, mais au bout de deux ans elle avait bien perdu de sa beauté, car on l'exhuma pour la mettre au Père-Lachaise, et elle puait si fort qu'un fossoyeur s'en trouva mal.

Et Djalioh ?

Oh ! il est superbe, verni, poli, soigné, magnifique, car vous savez que le cabinet de zoologie s'en est emparé et en a fait un superbe squelette.

Et M. Paul ?

Tiens, je l'oubliais ! il s'est remarié ; tantôt je l'ai vu au bois de Boulogne, et ce soir vous le rencontrerez aux Italiens.

1837

PASSION ET VERTU

Conte philosophique

Peux-tu parler de ce que tu ne sens point ?
SHAKESPEARE, *Roméo et Juliette*
(acte III, scène v)

I

Elle l'avait déjà vu, je crois, deux fois ; la première dans un bal chez le ministre, la seconde au Français ; et, quoiqu'il ne fût ni un homme supérieur, ni un bel homme, elle pensait souvent à lui, lorsque, le soir, après avoir soufflé sa lampe, elle restait souvent quelques instants rêveuse, les cheveux épars sur ses seins nus, la tête tournée vers la fenêtre où la nuit jetait une clarté blafarde, les bras hors de sa couche, et l'âme flottant entre des émotions hideuses et vagues, comme ces sons confus qui s'élèvent dans les champs par les soirées d'automne.

Loin d'être une de ces âmes d'exception, comme il y en a dans les livres et dans les drames, c'était un cœur sec, un esprit juste, et, par-dessus tout cela, un chimiste. Mais il possédait à fond cette théorie de séductions, ces principes, ces règles, le chic enfin, pour employer le mot vrai et vulgaire, par lesquels un habile homme en arrive à ses fins.

Ce n'est plus cette méthode pastorale à la Louis XV, dont la première leçon commence par les soupirs, la seconde par les billets doux, et continue ainsi jusqu'au dénouement, science bien exposée dans Faublas, les comédies de second ordre et les contes moraux de Marmontel. Mais, maintenant, un homme s'avance vers une femme, il la lorgne, il la trouve

49

bien, il en fait le pari avec ses amis ; est-elle mariée, la farce n'en sera que meilleure.

Alors il s'introduit chez elle, il lui prête des romans, la mène au spectacle, il a surtout soin de faire quelque chose d'étonnant, de ridicule, enfin d'étrange ; et puis, de jour en jour, il va chez elle avec plus de liberté, il se fait l'ami de la maison, du mari, des enfants, des domestiques ; enfin, la pauvre femme s'aperçoit du piège, elle veut le chasser comme un laquais, mais celui-ci s'indigne à son tour, il la menace de publier quelque lettre bien courte, mais qu'il interprétera d'une façon infâme, n'importe à qui fût-elle adressée ; il répétera lui-même à son époux quelque mot arraché peut-être dans un moment de vanité, de coquetterie ou de désir ; c'est une cruauté d'anatomiste, mais on fait des progrès dans les sciences et il y a des gens qui dissèquent un cœur comme un cadavre.

Alors cette pauvre femme, éperdue, pleure et supplie ; point de pardon pour elle, point de pardon pour ses enfants, son mari, sa mère. Inflexible, car c'est un homme, il peut user de force, de violence, il peut dire partout qu'elle est sa maîtresse, le publier dans les journaux, l'écrire tout au long dans un mémoire, et le prouver même au besoin.

Elle se livre donc à lui, à demi morte ; il peut même alors la faire passer devant ses laquais qui, tout bas, sous leurs livrées, ricanent en la voyant venir si matin chez leur maître ; et puis, quand il l'a rendue brisée et abattue, seule avec ses regrets, ses pensées sur le passé, ses déceptions d'amour, il la quitte, la reconnaît à peine, l'abandonne à son infortune ; il la hait même quelquefois, mais enfin il a gagné son pari ; et c'est un homme à bonnes fortunes.

C'est donc non un Lovelace, comme on l'aurait dit il y a soixante ans, mais bien un don Juan, ce qui est plus beau.

L'homme qui possède à fond cette science, qui en connaît les détours et les replis cachés, n'est pas rare maintenant ; cela est si facile, en effet, de séduire une femme qui vous aime, et puis de la laisser là avec toutes les autres, quand on n'a pas d'âme ni de pitié dans le cœur ! Il y a tant de moyens de s'en faire aimer, soit par la jalousie, la vanité, le mérite, les talents, l'orgueil, l'horreur, la crainte même, ou bien encore par la fatuité de vos manières, le négligé d'une cravate, la prétention à être désespéré, quelquefois par la coupe de votre habit, ou la finesse de vos bottes ! Car combien de gens n'ont dû leurs conquêtes qu'à l'habileté de leur tailleur ou de leur cordonnier ?

Ernest s'était aperçu que Mazza souriait à ses regards. Partout il la poursuivait. Au bal, par exemple, elle s'ennuyait s'il n'était pas là. Et n'allez pas croire qu'il fût assez novice pour louer la blancheur de sa main ni la beauté de ses bagues, comme l'aurait pu faire un écolier de rhétorique, mais, devant elle il déchirait toutes les autres femmes qui dansaient, il avait sur chacune les aventures les plus inconnues et les plus étranges, et tout cela la faisait rire et la flattait secrètement, quand elle pensait que, sur elle, on n'avait rien à dire. Sur le penchant du gouffre, elle prenait de belles résolutions de l'abandonner, de ne plus jamais le revoir – mais la vertu s'évapore bien vite au sourire d'une bouche qu'on aime.

Il avait vu aussi qu'elle aimait la poésie, la mer, le théâtre, Byron, et puis, résumant toutes ces observations en une seule, il avait dit : « C'est une sotte, je l'aurai. » Et elle, souvent aussi, avait dit en le voyant partir et quand la porte du salon tournait rapidement sur ses pas : « Oh ! je l'aime ! »

Ajoutez à cela qu'Ernest lui fit croire à la phrénologie, au magnétisme ; et que Mazza avait trente ans, et qu'elle était toujours pure et fidèle à son mari, repoussant tous les désirs qui naissaient chaque jour en son âme et qui mouraient le lendemain ; qu'elle était mariée à un banquier et que la passion, dans les bras de cet homme-là, était un devoir pour elle, rien de plus – comme de surveiller ses domestiques et habiller ses enfants.

II

Longtemps, elle se complut dans cet état de service amoureux et à demi mystique ; la nouveauté du plaisir lui plaisait, et elle joua longtemps avec cet amour, plus longtemps qu'avec les autres, et elle finit par s'y prendre fortement, d'abord d'habitude, puis de besoin. Il est dangereux de rire et de jouer avec le cœur, car la passion est une arme à feu qui part et vous tue, lorsqu'on la croyait sans péril.

Un jour, Ernest vint de bonne heure chez Mme Willer ; son mari était à la Bourse, ses enfants étaient sortis, il se trouva seul avec elle. Tout le jour, il resta chez elle, et le soir, vers les 5 heures, quand il en sortit, Mazza fut triste, rêveuse, et de toute la nuit elle ne dormit pas.

Ils étaient restés longtemps, bien des heures, à causer, à se dire qu'ils s'aimaient, à parler de poésie, à s'entretenir d'amour large et fort comme on en voit dans Byron, et puis à se plaindre des exigences sociales qui les attachaient l'un à l'autre et qui les séparaient pour la vie ; et puis ils avaient causé des peines du cœur, de la vie et de la mort, de la nature, de l'océan qui mugissait dans les nuits ; enfin, ils avaient compris le monde, leur passion, et leurs regards, s'étaient même plus parlé que leurs lèvres, qui se touchèrent si souvent.

C'était un jour du mois de mars, une de ces longues journées sombres et moroses qui portent à l'âme une vague amertume ; leurs paroles avaient été tristes, celles de Mazza, surtout, avaient une mélancolie harmonieuse. Chaque fois qu'Ernest allait dire qu'il l'aimait pour la vie, chaque fois qu'il lui échappait un sourire, un regard, un cri d'amour, Mazza ne répondait pas ; elle le regardait silencieuse, avec ses deux grands yeux noirs, son front pâle, sa bouche béante.

Ce jour, elle se sentit oppressée, comme si une main invisible lui eût pesé sur la poitrine ; elle craignait, mais elle ne savait quel était l'objet de ses craintes, et se complaisait dans cette appréhension mêlée d'une étrange sensation d'amour, de rêverie, de mysticisme. Une fois, elle recula son fauteuil, effrayée du sourire d'Ernest, qui était bestial et sauvage à faire peur ; mais celui-ci se rapprocha d'elle aussitôt, lui prit les mains et les porta à ses lèvres ; elle rougit et lui dit d'un ton de calme affecté :

— Est-ce que vous auriez envie de me faire la cour ?

— Vous faire la cour ? Mazza ! à vous ?

Cette réponse-là voulait tout dire.

— Est-ce que vous m'aimeriez ?

Il la regarda en souriant.

— Ernest, vous auriez tort.

— Pourquoi ?

— Mon mari ! y pensez-vous ?

— Eh bien ! votre mari ! qu'est-ce que cela veut dire ?

— Il faut que je l'aime.

— Cela est plus facile à dire qu'à faire, c'est-à-dire que si la loi vous dit : « Vous l'aimerez », votre cœur s'y pliera comme un régiment qu'on fait manœuvrer ou une barre d'acier qu'on ploie des deux mains, et si moi je vous aime...

— Taisez-vous, Ernest, pensez à ce que vous devez à une femme qui vous reçoit comme moi, dès le matin, sans que son mari y soit, seule, abandonnée à votre délicatesse.

— Oui, si je vous aime à mon tour, il faudra que je ne vous aime plus *parce qu'il le faudra*, et rien de plus ; mais cela est-il sensé et juste ?

— Ah ! vous raisonnez à merveille, mon cher ami, dit Mazza en penchant sa tête sur son épaule gauche et en faisant tourner dans ses doigts un étui d'ivoire.

Une mèche de ses cheveux se dénoua et tomba sur ses joues ; elle la rejeta par-derrière avec un geste de la tête plein de grâce et de brusquerie. Plusieurs fois, Ernest se leva, prit son chapeau comme s'il allait sortir, puis il se rasseyait et reprenait ses causeries.

Souvent, ils s'interrompaient tous deux et se regardaient longtemps en silence, respirant à peine, ivres et contents de leurs regards et de leurs soupirs, puis ils souriaient.

Un moment, quand Mazza vit Ernest à ses pieds, affaissé sur le tapis de sa chambre, quand elle vit sa tête posée sur ses genoux, les cheveux en arrière, ses yeux tout près de sa poitrine, et son front blanc et sans rides qui était là devant sa bouche, elle crut qu'elle allait défaillir de bonheur, et d'amour, elle crut qu'elle allait prendre sa tête dans ses bras, la presser sur son cœur et la couvrir de ses baisers.

— Demain, je vous écrirai, lui dit Ernest.

— Adieu !

Et il sortit.

Mazza resta l'âme indécise et toute flottante entre des oppressions étranges, des pressentiments vagues, des rêveries indicibles ; la nuit, elle se réveilla ; la lampe brûlait et jetait au plafond un disque lumineux qui tremblait en vacillant sur lui-même, comme l'œil d'un damné qui vous regarde ; elle resta longtemps, jusqu'au jour, à écouter les heures qui sonnaient à toutes les cloches, à entendre tous les bruits de la nuit, la pluie qui tombe et bat les murs, et les vents qui soufflent et tourbillonnent dans les ténèbres, les vitres qui tremblent, le bois du lit qui criait à tous les mouvements qu'elle lui donnait en se retournant sur ses matelas, agitée qu'elle était par des pensées accablantes et des images terribles, qui l'enveloppaient tout entière, en la roulant dans ses draps.

Qui n'a ressenti, dans les heures de fièvre et de délire, ces mouvements intimes du cœur ? ces convulsions d'une âme qui s'agite et se tord sans cesse sous des pensées indéfinissables, tant elles sont pleines tout à la fois de tourments et de voluptés, vagues d'abord et indécises comme un fantôme ? cette pensée, bientôt, se consolide et s'arrête, prend une forme et un corps, elle devient une image, et une image qui vous fait pleurer et gémir. Qui n'a donc jamais vu, dans des nuits chaudes et ardentes, quand la peau brûle et que l'insomnie vous ronge, assise au pied de votre couche, une figure pâle et rêveuse, et qui vous regarde tristement ? ou bien elle apparaît dans des habits de fête, si vous l'avez vue danser dans un bal, ou entourée de voiles noirs, pleurante ; et vous vous rappelez ses paroles, le son de sa voix, la langueur de ses yeux.

Pauvre Mazza ! pour la première fois elle sentit qu'elle aimait, que cela allait devenir un besoin, puis un délire du cœur, une rage ; mais, dans sa naïveté et son ignorance, elle se traça bien vite un avenir heureux, une existence paisible où la passion lui donnerait la joie, et la volupté le bonheur.

En effet, ne pourra-t-elle vivre contente dans les bras de celui qu'elle aime et tromper son mari ? « Qu'est-ce que tout cela ? se disait-elle, auprès de l'amour. » Elle souffrait cependant de ce délire du cœur et s'y plongeait de plus en plus, comme ceux qui s'enivrent avec plaisir et que les boissons brûlent. Oh ! qu'elles sont poignantes et amères, il est vrai, ces palpitations du cœur, les angoisses de l'âme, entre un monde de vertu qui s'en va et un avenir d'amour qui arrive.

Le lendemain, Mazza reçut une lettre ; elle était en papier satiné, toute embaumante de roses et de musc ; elle était signée d'un E entouré d'un paraphe ; je ne sais ce qu'il y avait, mais Mazza relut la lettre plusieurs fois, elle en retourna les deux feuillets, en considéra les plis, elle s'enivra de son odeur embaumée, puis la roula en boulette et la jeta au feu ; le papier consumé s'envola pendant quelque temps, et revint enfin se reposer doucement sur les chenets, comme une gaze blanche et plissée.

Ernest l'aime ! il le lui a dit ! Oh ! elle est heureuse, le premier pas est fait, les autres ne lui coûteront plus ; elle pourra maintenant le regarder sans rougir, elle n'aura plus besoin de tant de ménagements, de petites mines de femme pour se faire aimer ; il vient lui-même, il se donne à elle, sa pudeur est ménagée, et c'est cette pudeur qui reste toujours aux femmes, ce qu'elles gardent même au fond de leur amour le plus brûlant, des plus ardentes voluptés, comme un dernier sanctuaire d'amour et de passion, où elles cachent, comme sous un voile, tout ce qu'elles ont de brutal et d'efféminé.

Quelques jours après, une femme voilée passait presque en courant le pont des Arts ; il était 7 heures du matin.

Après avoir longtemps marché, elle s'arrêta à une porte cochère et elle demanda M. Ernest ; il n'était pas sorti, elle monta. L'escalier lui semblait d'une interminable longueur, et, quand elle fut parvenue au second étage, elle s'appuya sur la rampe et se sentit défaillir ; elle crut alors que tout tournait autour d'elle et que des voix basses chuchotaient à ses oreilles en sifflant ; enfin elle posa une main tremblante sur la sonnette. Quand elle entendit son battement perçant et répété, il y eut un écho qui résonna dans son cœur, comme par une répercussion galvanique.

Enfin la porte s'ouvrit, c'était Ernest lui-même.

— Ah ! c'est vous, Mazza ?

Celle-ci ne répondit pas, elle était pâle et toute couverte de sueur ; Ernest la regardait froidement en faisant tourner en l'air la corde de soie de sa robe de chambre ; il avait peur de se compromettre.

— Entrez, dit-il enfin.

Il la prit par le bras et la fit asseoir de force dans un fauteuil. Après un moment de silence :

— Je suis venue, Ernest, lui dit-elle, pour vous dire une chose : c'est la dernière fois que je vous parle ; il faut que vous me quittiez, que je ne vous revoie plus.

— Parce que ?

— Parce que vous m'êtes à charge, que vous m'accablez, que vous me feriez mourir !

— Moi ! comment cela, Mazza ?

Il se leva, tira ses rideaux et ferma sa porte.

— Que faites-vous ? s'écria-t-elle avec horreur.

— Ce que je fais ?

— Oui.

— Vous êtes ici, Mazza, vous êtes venue chez moi. Oh ! ne niez pas, je connais les femmes, dit-il en soupirant.

— Continuez, ajouta-t-elle avec dépit.

— Eh bien ! Mazza, c'est assez.

— Et vous avez assez d'insolence pour me dire cela en face, à une femme que vous dites aimer ?

— Pardon ! oh ! pardon !

Il se mit à genoux et la regarda longtemps.

— Eh bien ! oui, moi aussi je t'aime, plus que ma vie ; tiens, je me donne à toi.

Et puis là, entre les quatre parois d'une muraille, sous les rideaux de soie, sur un fauteuil, il y eut plus d'amour, de baisers, de caresses enivrantes, de voluptés qui brûlent, qu'il n'en faudrait pour rendre fou ou pour faire mourir. Et puis, quand il l'eut bien flétrie, usée, abîmée dans ses étreintes, quand il l'eut rendue lasse, brisée, haletante, quand, bien des fois, il eut serré sa poitrine contre la sienne et qu'il la vit mourante dans ses bras, il la laissa seule et partit.

Le soir, chez Véfour, il fit un excellent souper où le champagne frappé circulait en abondance ; on l'entendit dire tout haut, vers le dessert : « Mes chers amis, j'en ai encore une ! »

Celle-là était rentrée chez elle, l'âme triste, les yeux en pleurs – non de son honneur qui était perdu, car cette pensée-là ne la torturait nullement ; s'étant d'abord demandé ce que c'était que l'honneur et n'y ayant vu au fond qu'un mot, elle avait passé outre – mais elle pensait aux sensations qu'elle avait éprouvées, et ne trouvait, en y pensant, rien que déception et amertume. « Oh ! ce n'est pas là ce que j'avais rêvé ! » disait-elle.

Car il lui sembla, lorsqu'elle fut dégagée des bras de son amant, qu'il y avait en elle quelque chose de froissé comme ses vêtements, de fatigué et d'abattu comme son regard, et qu'elle était tombée de bien haut, que l'amour ne se bornait pas là, se demandant enfin si, derrière la volupté, il n'y en avait pas une plus grande encore, ni, après le plaisir, une plus vaste jouissance, car elle avait une soif inépuisable d'amours infinis, de passions sans bornes. Mais quand elle vit que l'amour n'était qu'un baiser, une caresse, un moment de délices où se roulent entrelacés, avec des cris de joie, l'amant et sa maîtresse, et puis que tout finit ainsi, que l'homme se relève, la femme s'en va et que leur passion a besoin d'un peu de chair et d'une convulsion pour se satisfaire et s'enivrer, l'ennui lui prit à l'âme, comme ces affamés qui ne peuvent se nourrir.

Mais elle quitta bientôt tout retour sur le passé pour ne songer qu'au présent qui souriait ; elle ferma les yeux sur ce qui n'était plus, secoua comme un songe les anciens rêves sans bornes, ses oppressions vagues et indécises, pour se donner tout entière au torrent qui l'entraînait ; et elle arriva bientôt à cet état de langueur et de nonchalance, à ce demi-sommeil où l'on sent que l'on s'endort, qu'on s'enivre, que le monde s'en va loin de nous, tandis que l'on reste seul sur la nacelle, où vous berce la vague et qu'entraîne l'océan ; elle ne pensa plus ni à son mari, ni à ses enfants, encore moins à sa réputation, que les autres femmes déchiraient à belles dents dans les salons, et que les jeunes gens, amis d'Ernest, vautraient et vilipendaient à plaisir, dans les cafés et les estaminets.

Mais il y eut tout à coup, pour elle, une mélodie jusqu'alors inconnue dans la nature et dans son âme, et elle découvrit dans l'une et dans l'autre des mondes nouveaux, des espaces immenses, des horizons sans bornes ; il sembla que tout était né pour l'amour, que les hommes étaient des créatures d'un ordre supérieur, susceptibles de passions et de sentiments, qu'ils n'étaient bons qu'à cela et qu'ils ne devaient vivre que pour le cœur. Quant à son mari, elle l'aimait toujours et l'estimait encore plus ; ses enfants lui semblaient gracieux, mais elle les aimait comme on aime ceux d'un autre.

Chaque jour, cependant, elle sentait qu'elle aimait plus que la veille, que cela devenait un besoin de son existence, qu'elle n'aurait pu vivre sans cela ; mais cette passion, avec laquelle elle avait d'abord joué en riant, finit par devenir sérieuse et terrible ; une fois entrée dans son cœur, elle devint un amour violent, puis une frénésie, une rage. Il y avait chez elle tant de feu et de chaleur, tant de désirs immenses, une telle soif de délices et de voluptés qui étaient dans son sang, dans ses veines, sous sa peau, jusque sous ses ongles, qu'elle était devenue folle, ivre, éperdue, et qu'elle aurait voulu faire sortir son amour des bornes de la nature ; il lui semblait qu'en prodiguant les caresses et les voluptés, en brûlant sa vie dans des nuits pleines de fièvre, d'ardeur, en se roulant dans tout ce que la passion a de plus frénétique, de plus sublime, il allait s'ouvrir devant elle une suite continue de voluptés, de plaisirs.

Souvent, dans les transports du délire, elle s'écriait que la vie n'était que la passion, que l'amour était tout en elle ; et puis, les cheveux épars, l'œil en feu, la poitrine haletante de sanglots, elle demandait à son amant s'il n'aurait pas souhaité, comme elle, de vivre des siècles ensemble, seuls, sur une haute montagne, sur un roc aigu, au bas duquel viendraient se briser les vagues, de se confondre tous deux avec la nature et le ciel, et de mêler leurs soupirs aux bruits de la tempête ; et puis elle le regardait longtemps, lui demandant encore de nouveaux baisers, de nouvelles étreintes – et elle tombait entre ses bras, muette et évanouie.

Et quand, le soir, son époux, l'âme tranquille, le front calme, rentrait chez lui, lui disant qu'il avait gagné aujourd'hui, qu'il avait fait le matin une bonne spéculation, acheté une ferme, vendu une rente, et qu'il pouvait ajouter un laquais de plus à ses équipages, acheter deux chevaux de plus pour ses écuries, et qu'avec ces mots et ces pensées il venait à l'embrasser, à l'appeler « son amour et sa vie », oh ! la rage lui prenait à l'âme, elle le maudissait, repoussant avec horreur ses caresses et ses baisers, qui étaient froids et horribles comme ceux d'un singe.

Il y avait donc, dans son amour, une douleur et une amertume, comme la lie du vin qui le rend plus âcre et plus brûlant.

Et quand, après avoir quitté sa maison, son ménage, ses laquais, elle se retrouvait avec Ernest, seule, assise à ses côtés, alors elle lui contait qu'elle eût voulu mourir de sa main, se sentir étouffée par ses bras – et puis elle ajoutait qu'elle n'aimait plus rien, qu'elle méprisait tout, qu'elle n'aimait que lui ; pour lui, elle avait abandonné Dieu et le sacrifiait à son amour ; pour lui, elle laissait son mari et le donnait à l'ironie, pour lui elle abandonnait ses enfants ; elle crachait sur tout cela à plaisir ; religion, vertu, elle foulait tout cela aux pieds, elle vendait sa réputation pour ses caresses, et c'était avec bonheur et délices qu'elle immolait tout cela, pour lui plaire, qu'elle détruisait toutes ses croyances, toutes ses illusions, toute sa vertu, tout ce qu'elle aimait enfin – pour obtenir de lui un regard ou un baiser. Et il lui semblait qu'elle serait plus belle en sortant de ses bras, après avoir reposé sur ses lèvres, comme les violettes fanées qui répandent un parfum plus doux.

Oh ! qui pourrait savoir combien il y a parfois de délices et de frénésie sous les deux seins palpitants d'une femme !

Ernest, cependant, commençait à l'aimer un peu plus qu'une grisette ou une figurante ; il alla même jusqu'à faire des vers pour elle, qu'il lui donna ; en outre, un jour, je le vis avec des yeux rouges, d'où l'on pouvait conclure qu'il avait pleuré... ou mal dormi.

III

Un matin, en réfléchissant sur Mazza, assis dans un grand fauteuil élastique, ses pieds sur ses deux chenets, le nez enfoncé sous sa robe de chambre, tout en regardant la flamme de son feu qui pétillait et montait sur la plaque en langues de feu, il lui vint une idée qui le surprit d'une manière étrange ; il eut peur.

En se rappelant qu'il était aimé par une femme comme Mazza, qui lui sacrifiait, avec tant de prodigalité et d'effusion, sa beauté, son amour, il eut peur et trembla devant la passion de cette femme – comme ces enfants qui s'enfuient loin de la mer en disant qu'elle est trop grande – et une idée morale lui vint en tête, car c'était une habitude qu'il venait de prendre depuis qu'il s'était fait collaborateur au *Journal des Connaissances utiles* et au *Musée des familles* ; il pensa, dis-je,

58

qu'il était peu moral de séduire ainsi une femme mariée, de la détourner de ses devoirs d'épouse, de l'amour de ses enfants, et qu'il était mal à lui de recevoir toutes ces offrandes qu'elle brûlait à ses pieds, comme un holocauste. Enfin, il était ennuyé et fatigué de cette femme, qui prenait le plaisir au sérieux, qui ne concevait qu'un amour entier et sans partage, et avec laquelle on ne pouvait parler ni de romans, ni de modes, ni d'opéras.

Il voulut d'abord s'en séparer, la laisser là et la rejeter au milieu de la société, avec les autres femmes flétries comme elle ; Mazza s'aperçut de son indifférence et de sa tiédeur, l'attribua à de la délicatesse, et ne l'en aima que davantage. Souvent Ernest l'évitait, s'échappait d'elle, mais elle savait le rencontrer partout, au bal, à la promenade, dans les jardins publics, aux musées ; elle savait l'attendre dans la foule, lui dire deux mots et lui faire monter la rougeur au front, devant tous ces gens qui la regardaient.

D'autres fois, c'était lui qui venait chez elle ; il entrait avec un front sévère, un air grave ; la jeune femme, naïve et amoureuse, lui sautait au cou et le couvrait de baisers ; mais celui-ci la repoussait avec froideur, et puis il lui disait qu'ils ne devaient plus s'aimer, que, le moment de délire et de folie une fois passé, tout devait être fini entre eux, qu'il fallait respecter son mari, chérir ses enfants et veiller à son ménage ; et il ajoutait qu'il avait beaucoup vu et étudié, et qu'au reste la Providence était juste, que la nature était un chef-d'œuvre et la société une admirable création, et puis que la philanthropie, après tout, était une belle chose et qu'il fallait aimer les hommes.

Et celle-ci, alors, pleurait de rage, d'orgueil et d'amour ; elle lui demandait, le rire sur les lèvres, mais l'amertume dans le cœur, si elle n'était plus belle et ce qu'il fallait faire pour lui plaire, et puis elle lui souriait, lui étalant à la vue son front pâle, ses cheveux noirs, sa gorge, son épaule, ses seins nus. Ernest restait insensible à tant de séductions, car il ne l'aimait plus, et s'il sortait de chez elle avec quelque émotion dans l'âme, c'était comme les gens qui viennent de voir des fous ; et si quelque vestige de passion, quelque rayon d'amour venait à se rallumer chez lui, il s'éteignait bien vite avec une raison ou un argument.

Heureux donc les gens qui peuvent combattre leur cœur avec des mots et détruire la passion, qui est enracinée dans l'âme, avec la moralité, qui n'est collée que sur les livres comme le vernis du libraire et le frontispice du graveur !

Un jour, dans un transport de fureur et de délire, Mazza le mordit à la poitrine et lui enfonça ses ongles dans la gorge. En voyant couler du sang dans leurs amours, Ernest comprit que la passion de cette femme était féroce et terrible, qu'il régnait autour d'elle une atmosphère empoisonnée qui finirait par l'étouffer et le faire mourir, que cet amour était un volcan à qui il fallait jeter toujours quelque chose à mâcher et à broyer dans ses convulsions, et que ses voluptés, enfin, étaient une lave ardente qui brûlait le cœur. Il fallait donc partir, la quitter pour toujours, ou bien se jeter avec elle dans ce tourbillon qui vous entraîne comme un vertige, dans cette route immense de la passion, qui commence avec un sourire et qui ne finit que sur une tombe.

Il préféra partir.

Un soir, à 10 heures, Mazza reçut une lettre ; elle y comprit ces mots :

Adieu, Mazza ! je ne vous reverrai plus ; le ministre de l'Intérieur m'a enrôlé d'une commission savante qui doit analyser les produits et le sol même du Mexique. Adieu ! je m'embarque au Havre. Si vous voulez être heureuse, ne m'aimez plus, aimez au contraire la vertu et vos devoirs ; c'est un dernier conseil. Encore une fois adieu ! je vous embrasse.

Ernest

Elle la relut plusieurs fois, accablée par ce mot « adieu » ; elle restait les yeux fixes et immobiles sur cette lettre qui contenait tout son malheur et son désespoir, où elle voyait s'enfuir et couler tout son bonheur et sa vie ; elle ne versa pas une larme, ne poussa pas un cri, mais elle sonna un domestique, lui ordonna d'aller chercher des chevaux de poste et de préparer sa chaise. Son mari voyageait en Allemagne, personne ne pouvait donc l'arrêter dans sa volonté.

À minuit, elle partit ; elle allait rapidement en courant de toute la vitesse des chevaux. Dans un village, elle s'arrêta pour demander un verre d'eau et repartit, croyant après chaque côte, chaque colline, chaque détour de la route, voir apparaître la mer, but de ses désirs et de sa jalousie, puisqu'elle allait lui enlever quelqu'un de cher à son cœur. Enfin, vers 3 heures d'après-midi, elle arriva au Havre.

À peine descendue, elle courut au bout de la jetée et regarda sur la mer... Une voile blanche s'enfonçait sous l'horizon.

IV

Il était parti ! parti pour toujours ! – et quand elle releva sa figure toute couverte de larmes, elle ne vit plus rien... que l'immensité de l'Océan.

C'était une de ces brûlantes journées d'été, où la terre exhale de chaudes vapeurs comme l'air embrasé d'une fournaise. Quand Mazza fut arrivée sur la jetée, la fraîcheur salée de l'eau la ranima quelque peu, car une brise du sud enflait les vagues, qui venaient mollement mourir sur la grève et râlaient sur le galet. Les nuages, noirs et épais, s'amoncelaient à sa gauche, vers le soleil couchant, qui était rouge et lumineux sur la mer ; on eût dit qu'ils allaient éclater en sanglots. La mer, sans être furieuse, roulait sur elle-même en chantant lugubrement ; et quand elle venait à se briser sur les pierres de la jetée, les vagues sautaient en l'air et retombaient en poudre d'argent.

Il y avait dans cela une sauvage harmonie. Mazza l'écouta longtemps, fascinée par sa puissance ; le bruit de ces flots avait pour elle un langage, une voix ; comme elle, la mer était triste et pleine d'angoisses ; comme elle, ses vagues venaient mourir en se brisant sur les pierres et ne laisser sur le sable mouillé que la trace de leur passage. Une herbe, qui avait pris naissance entre deux fentes de la pierre, penchait sa tête, toute pleine de la rosée ; chaque coup de vague venait la tirer sur sa racine, et chaque fois elle se détachait de plus en plus ; enfin elle disparut sous la lame, on ne la revit plus ; et pourtant, elle était jeune et portait des fleurs ? Mazza sourit amèrement ; la fleur était, comme elle, enlevée par la vague dans la fraîcheur du printemps.

Il y avait des marins qui rentraient, couchés dans leur barque, en tirant derrière eux la corde de leurs filets ; leur voix vibrait au loin, avec le cri des oiseaux de nuit qui planaient en volant de leurs ailes noires sur la tête de Mazza, et qui allaient tous s'abattre vers la grève, sur les débris qu'apportait la marée. Elle entendait alors une voix qui l'appelait au fond du gouffre, et, la tête penchée vers l'abîme, elle calculait combien il lui faudrait de minutes et de secondes pour râler et mourir. Tout était triste comme elle dans la nature, et il lui sembla que les vagues avaient des soupirs, et que la mer pleurait.

Je ne sais cependant quel misérable sentiment de l'existence lui dit de vivre, et qu'il y avait encore sur la terre du bonheur et de l'amour, qu'elle n'avait qu'à attendre et espérer, et qu'elle le reverrait plus tard ; mais, quand la nuit fut venue et que la lune vint à paraître au milieu de ses compagnes, comme une sultane au harem entre ses femmes, et qu'on ne vit plus que la mousse des flots, qui brillait sur les vagues comme l'écume à la bouche d'un coursier – alors que le bruit de la ville commença à s'évanouir dans le brouillard, avec ses lumières qui s'éteignaient – Mazza repartit.

La nuit – il était peut-être 2 heures – elle ouvrit ses glaces et regarda dehors. On était dans une plaine et la route était bordée d'arbres, les clartés de la nuit passant à travers leurs branches les faisaient ressembler à des fantômes aux formes gigantesques, qui couraient tous devant Mazza et remuaient au gré du vent, qui sifflait à travers leurs feuilles, leur chevelure en désordre. Une fois, la voiture s'arrêta au milieu de la campagne, un trait se trouvait cassé ; il faisait nuit, on n'entendait que le bruit des arbres, l'haleine des chevaux haletant de sueur, et les sanglots d'une femme qui pleurait seule.

Vers le matin, elle vit des gens qui allaient vers la ville la plus voisine, portant au marché des fruits tout couverts de mousse et de feuillage vert ; ils chantaient aussi, et comme la route montait et qu'on allait au pas, elle les écouta longuement. « Oh ! comme il y a des gens heureux ! » dit-elle.

Il faisait grand jour, c'était un dimanche ; dans un village, à quelques heures de Paris, sur la place de l'église, à l'heure où tout le monde en sortait, il y avait un grand soleil qui brillait sur le coq de l'église, et illuminait sa modeste rosace. Les portes, qui étaient ouvertes, laissaient voir à Mazza, du fond de sa voiture, l'intérieur de la nef et les cierges qui brillaient dans l'ombre, sur l'autel ; elle regarda la voûte de bois peinte de couleur bleue, et les vieux piliers de pierre nus et blanchis, et puis toute la suite des bancs où s'étalait une population entière, bigarrée de vêtements de couleurs ; elle entendit l'orgue qui chantait, et il se fit alors un grand flot dans le peuple, et l'on sortit. Plusieurs avaient des bouquets de fausses fleurs et des bas blancs ; elle vit que c'était une noce, on tira des coups de fusil sur la place, et les mariés sortirent.

La bru avait un bonnet blanc et souriait, en regardant le bout des pattes de sa ceinture, qui étaient de dentelle brodée ; le marié s'avançait à côté d'elle ; il voyait la foule d'un air heureux et donnait des poignées de main à plusieurs. C'était le maire du pays, qui était aubergiste et qui mariait sa fille à son adjoint, le maître d'école.

Un groupe d'enfants et de femmes s'arrêta devant Mazza pour regarder la belle calèche et le manteau rouge, qui pendait de la portière ; tout cela souriait et parlait haut. Quand elle eut relayé, elle rencontra, au bout du pays, le cortège qui entrait à la mairie, et le sourire vint sur sa bouche quand elle vit l'écume de ses chevaux qui tombait sur les mariés, et la poussière de leurs pas qui salissait leurs vêtements blancs ; elle avança la tête et leur lança un regard de pitié et d'envie, car, de misérable, elle était devenue méchante et jalouse. Le peuple, alors, en haine des riches, lui répondit par des injures et l'insulta, en lui jetant des pierres sur les armoiries de sa voiture.

Longtemps, dans la route, à moitié endormie par le mouvement des ressorts, le son des grelots et la poussière qui tombait sur ses cheveux noirs, elle pensa à la noce du village. Et le bruit du violon qui précédait le cortège, le son de l'orgue, les voix des enfants qui avaient parlé autour d'elle, tout cela tintait à ses oreilles comme l'abeille qui bourdonne ou le serpent qui siffle.

Elle était fatiguée, la chaleur l'accablait, sous les cuirs de sa calèche ; le soleil dardait en face ; elle baissa la tête sur ses coussins de drap blanc et s'endormit. Elle se réveilla aux portes de Paris.

Quand on a quitté la campagne et les champs, et qu'on se retrouve dans les rues, le jour semble sombre et baissé, comme dans ces théâtres de foire qui sont lugubres et mal éclairés. Mazza se plongea avec délices dans les rues les plus tortueuses ; elle s'enivra du bruit et de la rumeur qui venaient la tirer d'elle-même et la reporter dans le monde ; elle voyait rapidement, et comme des ombres chinoises, toutes les têtes qui passaient devant sa portière ; toutes lui semblaient froides, impassibles et pâles ; elle regarda avec étonnement, pour la première fois, la misère qui va pieds nus sur les quais, la haine dans le cœur et un sourire sur la bouche, comme pour cacher les trous de ses haillons ; elle regarda la foule qui s'engouffrait dans les spectacles et les cafés, et tout ce monde de laquais et de grands seigneurs qui s'étale, comme un manteau de couleur au jour de parade.

Tout cela lui parut un immense spectacle, un vaste théâtre, avec ses palais de pierre, ses magasins allumés, ses habits de parade, ses ridicules, ses sceptres de carton et ses royautés d'un jour. Là, le carrosse de la danseuse éclabousse le peuple, et là, l'homme se meurt de faim, en voyant des tas d'or derrière les vitres ; partout le rire et les larmes, partout la richesse et la misère, partout le vice qui insulte la vertu et lui crache à la face, comme le châle usé de la fille de joie qui effleure, en passant, la robe noire du prêtre. Oh ! il y a dans les grandes cités une atmosphère corrompue et empoisonnée, qui vous étourdit et vous enivre, quelque chose de lourd et de malsain, comme ces sombres brouillards du soir qui planent sur les toits.

Mazza aspira cet air de corruption à pleine poitrine, elle le sentit comme un parfum, et la première fois, alors, elle comprit tout ce qu'il y avait de large et d'immense dans le vice, et de voluptueux dans le crime.

En se retrouvant chez elle, il lui sembla qu'il y avait longtemps qu'elle était partie, tant elle avait souffert et vécu en peu d'heures. Elle passa la nuit à pleurer, à se rappeler sans cesse son départ, son retour ; elle voyait de là les villages qu'elle avait traversés, toute la route qu'elle avait parcourue ; il lui semblait encore être sur la jetée, à regarder la mer et la voile qui s'en va ; elle se rappelait aussi la noce avec ses habits de fête, ses sourires de bonheur ; elle entendait de là le bruit de sa voiture sur les pavés, elle entendait aussi les vagues qui mugissaient et bondissaient sous elle ; et puis elle fut effrayée de la longueur du temps, elle crut avoir vécu des siècles et être devenue vieille, avoir les cheveux blancs, tant la douleur vous affaisse, tant le chagrin vous ronge ; car il est des jours qui vous vieillissent comme des années, des pensées qui font bien des rides.

Elle se rappela aussi, en souriant avec regret, les jours de son bonheur, ses vacances paisibles sur les bords de la Loire, où elle courait dans les allées des bois, se jouant avec les fleurs, et pleurant en voyant passer les mendiants ; elle se rappela ses premiers bals, où elle dansait si bien, où elle aimait tant les sourires gracieux et les paroles aimables ; et puis encore ses heures de fièvre et de délire, dans les bras de son amant, ses moments de transport et de rage, où elle eût voulu que chaque regard durât des siècles et que l'éternité fût un baiser. Elle se demanda alors si tout cela était parti et effacé pour toujours – comme la poussière de la route et le sillon du navire sur les vagues de la mer.

V

Enfin la voilà revenue, mais seule ! plus personne pour la soutenir, plus rien à aimer. Que faire ? quel parti prendre ?

oh ! la mort, la tombe cent fois, si, malgré son départ et son ennui, elle n'avait eu au cœur un peu d'espérance.

Qu'espérait-elle donc ?

Elle l'ignorait elle-même, seulement elle avait encore foi à la vie ; elle crut encore qu'Ernest l'aimait, lorsqu'un jour elle reçut une de ses lettres ; mais ce fut une désillusion de plus.

La lettre était longue, bien écrite, toute remplie de riches métaphores et de grands mots ; Ernest lui disait qu'il ne fallait plus l'aimer, qu'il fallait penser à ses devoirs et à Dieu. Et puis il lui donnait en outre d'excellents conseils sur la famille, l'amour maternel, et il terminait par un peu de sentiment, comme M. de Bouilly ou Mme Cottin.

Pauvre Mazza ! tant d'amour, de cœur et de tendresse pour une indifférence si froide, un calme si raisonné ! Elle tomba dans l'affaissement et le dégoût. « Je croyais, dit-elle un jour, qu'on pouvait mourir de chagrin ! » Du dégoût, elle passa à l'amertume et à l'envie.

C'est alors que le bruit du monde lui parut une musique discordante et infernale, et la nature une raillerie de Dieu ; elle n'aimait rien et portait de la haine à tout ; à mesure que chaque sentiment sortait de son cœur, la haine y entrait si bien qu'elle n'aimait plus rien au monde, sauf un homme. Souvent, quand elle voyait, dans les jardins publics, des mères avec leurs enfants qui jouaient avec eux et souriaient à leurs caresses, et puis des femmes avec leurs époux, des amants avec leurs maîtresses, et que tous ces gens-là étaient heureux, souriaient, aimaient la vie, elle les enviait et les maudissait à la fois ; elle eût voulu pouvoir les écraser tous du pied, et sa lèvre ironique leur jetait en passant quelque mot de dédain, quelque sourire d'orgueil.

D'autres fois, quand on lui disait qu'elle devait être heureuse dans la vie, avec sa fortune, son rang, que sa santé était bonne, que ses joues étaient fraîches et qu'on voyait qu'elle était heureuse, que rien ne lui manquait, elle souriait cependant, la rage dans l'âme : « Ah ! les imbéciles, disait-elle, qui ne voient que le bonheur sur un front calme et qui ne savent pas que la torture arrache des rires. »

Elle prit la vie, dès lors, comme un long cri de douleur. Si elle voyait des femmes qui se paraient de leur vertu, d'autres de leur amour, elle raillait leur vertu et leurs amours ; quand elle trouvait des gens heureux et confiants en Dieu, elle les tourmentait par un rire ou par un sarcasme ; les prêtres ? elle les faisait rougir, en passant devant eux, par un regard lascif, et riait à leurs oreilles ; les jeunes filles et les vierges ? elle les faisait pâlir par ses contes d'amour et ses histoires passionnées. Et puis l'on se demandait quelle était cette femme pâle et amaigrie, ce fantôme errant, avec ses yeux de feu et sa tête de damnée ; et si on venait à vouloir la connaître, on ne trouvait au fond de son existence qu'une douleur et dans sa conduite que des larmes.

Oh ! les femmes ! les femmes ! elle les haïssait dans l'âme, les jeunes et les belles surtout, et quand elle les voyait, dans un spectacle ou dans un bal, à la lueur des lustres et des bougies, étalant leur gorge ondulante, ornées de dentelles et de diamants, et que les hommes empressés souriaient à leurs sourires, qu'on les flattait et les vantait, elle eût voulu froisser ces vêtements et ces gazes brodées, cracher sur ces figures chéries, et traîner dans la boue ces fronts si calmes et si fiers de leur froideur. Elle ne croyait plus à rien, qu'au malheur et à la mort.

La vertu pour elle était un mot, la religion un fantôme, la réputation un masque imposteur comme un voile qui cache les rides. Elle trouvait alors des joies dans l'orgueil, des délices dans le dédain, et elle crachait en passant sur le seuil des églises.

Quand elle pensait à Ernest, à sa voix, à ses paroles, à ses bras qui l'avaient tenue si longtemps palpitante et éperdue d'amour, et qu'elle se trouvait sous les baisers de son mari, ah ! elle se tordait de douleur et d'angoisse et se roulait sur elle-même, comme un homme qui râle et agonise, en criant après un nom, en pleurant sur un souvenir. Elle avait des enfants de cet homme, ces enfants ressemblaient à leur père, une fille de trois ans, un garçon de cinq, et souvent, dans leurs jeux, leurs rires pénétraient jusqu'à elle ; le matin, ils venaient l'embrasser en riant, quand elle, elle leur mère, avait veillé toute la nuit dans des tourments inouïs et que ses joues étaient encore fraîches de ses larmes.

Souvent, quand elle pensait à lui, errant sur les mers, ballotté peut-être par la tempête, à lui qui se perdait peut-être dans les flots, seul et voulant se rattacher à la vie, et qu'elle voyait de là un cadavre bercé sur la vague, où vient s'abattre le vautour, alors elle entendait des cris de joie, des voix enfantines qui accouraient pour lui montrer un arbre en fleur, ou le soleil qui faisait reluire la rosée des herbes. C'était pour elle la douleur de l'homme qui tombe sur le pavé et qui voit la foule rire et battre des mains.

Alors, que pensait Ernest, loin d'elle ? Parfois, il est vrai, quand il n'avait rien à faire, dans ses moments de loisirs et de désœuvrement, en pensant à elle, à ses étreintes brûlantes, à sa croupe charnue, à ses seins blancs, à ses longs cheveux noirs, il la regrettait – mais il s'empressait d'aller éteindre, dans les bras d'une esclave, le feu allumé dans l'amour le plus fort et le plus sacré ; d'ailleurs, il se consolait de cette perte avec facilité, en pensant qu'il faisait une bonne action, que cela était agir en citoyen, que Franklin ou Lafayette n'auraient pas mieux fait – car il était alors sur la terre nationale du patriotisme, de l'esclavage, du café et de la tempérance, je veux dire l'Amérique.

C'était un de ces gens chez qui le jugement et la raison occupent une si grande place qu'ils ont mangé le cœur comme un voisin incommode ; un monde les séparait, car Mazza, au contraire, était plongée dans le délire et l'angoisse, et tandis que son amant se vautrait à plaisir dans les bras des négresses et des mulâtresses, elle se mourait d'ennui, croyant aussi qu'Ernest ne vivait que pour elle et ressentait un mal dont il se moquait dans son rire bestial et sauvage ; il se donnait à une autre. Tandis que cette pauvre femme pleurait et maudissait Dieu, qu'elle appelait l'enfer à son secours et se roulait en demandant si Satan enfin n'arriverait pas, Ernest, peut-être, au même moment où elle embrassait avec frénésie un médaillon de ses cheveux, au même moment peut-être, il se promenait gravement sur la place publique d'une ville des États-Unis, en veste et pantalon blanc comme un planteur, et allait au marché acheter quelque esclave noire qui eût des bras forts et musclés, de pendantes mamelles et de la volupté pour de l'or.

Du reste, il s'occupait de travaux chimiques ; il y avait plein deux immenses cartons de notes sur les couches de silex et les analyses minéralogiques – et d'ailleurs le climat lui convenait beaucoup, il se portait à ravir dans cette atmosphère embaumée d'académies savantes, de chemins de fer, de bateaux à vapeur, de canne à sucre et d'indigo.

Dans quelle atmosphère vivait Mazza ? Le cercle de sa vie n'était pas si étendu, mais c'était un monde à part, qui tournait dans les larmes et le désespoir, et qui enfin se perdait dans l'abîme d'un crime.

VI

Un drap noir était tendu sur la porte cochère de l'hôtel ; il était relevé par le milieu et formait une espèce d'ogive brisée, qui laissait voir une tombe et deux flambeaux, dont les lumières tremblaient, comme la voix d'un mourant, au souffle froid de l'hiver qui passait sur ces draps noirs tout étoilés de larmes d'argent. De temps en temps, les deux fossoyeurs qui avaient soin de la fête se rangeaient de côté, pour faire place aux conviés arrivant l'un après l'autre, tous vêtus de noir avec des cravates blanches, un jabot plissé et des cheveux frisés ; ils se découvraient en passant près du mort, et trempaient dans l'eau bénite le bout de leur gant noir.

C'était dans l'hiver, la neige tombait ; après que le cortège fut parti, une jeune femme, entourée d'une mante noire, descendit dans la cour, marcha sur la pointe des pieds à travers la couche de neige qui couvrait les pavés, et elle avança sa tête pâle entre ses voiles noirs pour voir le char funèbre qui s'éloignait ; puis elle éteignit les deux bougies qui brûlaient encore ; elle remonta, défit son manteau, réchauffa ses sandales blanches au feu de sa cheminée, détourna la tête encore une fois ; mais elle ne vit plus que le dos du dernier des assistants qui tournait à l'angle de la rue.

Quand elle n'entendit plus le ferraillement monotone des roues du char sur le pavé, et que tout fut passé et parti, les chants des prêtres, le convoi du mort, elle se jeta sur le lit mortuaire, s'y roula à plaisir, en criant dans les accès de sa joie convulsive : « Arrive, maintenant ! à toi, à toi tout cela ! Je t'attends ! viens donc ! À toi, mon bien-aimé, la couche nuptiale et ses délices ! à toi, à toi seul, à nous deux un monde d'amour et de voluptés ! Viens ici, je m'y étendrai sous tes caresses, je m'y roulerai sous tes baisers. » Elle vit, sur sa commode, une petite boîte en palissandre que lui avait donnée Ernest. C'était, comme ce jour-là, un jour d'hiver ; il arriva, entouré de son manteau, son chapeau avait de la neige, et quand il l'embrassa, sa peau avait une fraîcheur et un parfum de jeunesse qui rendait les baisers doux comme l'aspiration d'une rose. Cette boîte avait, au milieu, leurs chiffres entrelacés M et E, son bois était odoriférant ; elle y porta ses narines et y resta longtemps contemplative et rêveuse.

Bientôt on lui amena ses enfants ; ils pleuraient et demandaient leur père ; ils voulurent embrasser Mazza et se consoler avec elle ; celle-ci les renvoya avec sa femme de chambre, sans un mot, sans un sourire.

Elle pensait à lui, qui était bien loin et qui ne revenait pas.

VII

Elle vécut ainsi plusieurs mois, seule avec son avenir qui avançait, se sentant chaque jour plus heureuse et plus libre, à mesure que tout ce qui était dans son cœur s'en allait pour faire place à l'amour ; toutes les passions, tous les sentiments, tout ce qui trouve place dans une âme était parti, comme les scrupules de l'enfance – la pudeur d'abord, la religion ensuite, la vertu après, et enfin les débris de tout cela, qu'elle avait jetés comme les éclats d'un verre brisé. Elle n'avait plus rien d'une femme, si ce n'est l'amour, mais un amour entier et terrible, qui se torturait lui-même et brûlait les autres – comme le Vésuve qui se déchire dans ses éruptions et répand sa lave bouillante sur les fleurs de la vallée.

Elle avait des enfants ; ses enfants moururent comme leur père ; chaque jour ils pâlissaient de plus en plus, s'amaigrissaient, et la nuit ils se réveillaient dans le délire, se tordant sur leur couche d'agonie en disant qu'un serpent leur mangeait la poitrine ; car il y avait là quelque chose qui les déchirait et les brûlait sans cesse, et Mazza contemplait leur agonie avec un sourire sur les lèvres, qui était rempli de colère et de vengeance.

Ils moururent tous deux le même jour. Quand elle vit clouer leurs bières, ses yeux n'eurent point de larmes, son cœur pas de soupir ; elle les vit d'un œil sec et froid enveloppés dans leurs cercueils, et lorsqu'elle fut seule enfin, elle passa la nuit heureuse et confiante, l'âme calme et la joie dans le cœur. Pas un remords ni un cri de douleur, car elle allait partir le lendemain, quitter la France après s'être vengée de l'amour profané, de tout ce qu'il y avait eu de fatal et de terrible dans sa destinée, après s'être raillée de Dieu, des hommes, de la vie, de la fatalité qui s'était jouée d'elle un moment, après s'être amusée à son tour de la vie et de la mort, des larmes et des chagrins, et avoir rendu au Ciel des crimes pour ses douleurs.

Adieu, terre d'Europe, pleine de brouillards et de glaciers, où les cœurs sont tièdes comme l'atmosphère et les amours aussi flasques, aussi mous que ses nuages gris ; à moi l'Amérique et sa terre de feu ! son soleil ardent, son ciel pur, ses belles nuits dans les bosquets de palmiers et de platanes. Adieu le monde, merci de vous ; je pars, je me jette sur un navire. Va, mon beau navire, cours vite ! que tes voiles s'enflent au souffle du vent, que ta proue brise les vagues ! bondis sur la tempête, saute sur les flots, et, dusses-tu te briser enfin, jette-moi avec tes débris sur la terre où il respire !

Cette nuit-là fut passée dans le délire et l'agitation, mais c'était le délire de la joie et de l'espérance. Lorsqu'elle pensait à lui, qu'elle allait l'embrasser et vivre pour toujours avec lui, elle souriait et pleurait de bonheur.

La terre du cimetière, où reposaient ses enfants, était encore fraîche et mouillée d'eau bénite.

VIII

On lui apporta, le matin, une lettre ; elle avait sept mois de date. C'était d'Ernest. Elle en brisa le cachet en tremblant, la parcourut avidement ; quand elle l'eut terminée, elle recommença sa lecture, pâle d'effroi et pouvant à peine lire. Voici ce qu'il y avait :

Pourquoi, madame, vos lettres sont-elles toujours aussi peu honnêtes ? la dernière surtout ? Je l'ai brûlée, j'aurais rougi que quelqu'un y jetât les yeux. Ne pourriez-vous enfin avoir plus de bornes dans vos passions ? Pourquoi venez-vous sans cesse, avec votre souvenir, me troubler dans mes travaux, m'arracher à mes occupations ? que vous ai-je fait pour m'aimer tant ?

Encore une fois, madame, je veux qu'un amour soit sage ; j'ai quitté la France, oubliez-moi donc comme je vous ai oubliée, aimez votre mari ; le bonheur se trouve dans les routes battues par la foule ; les sentiers de la montagne sont pleins de ronces et de cailloux, ils déchirent et vous usent vite.

Maintenant je vis heureux, j'ai une petite maison charmante, sur les bords d'un fleuve, et, dans la plaine qu'il traverse, je fais la chasse aux insectes, j'herborise, et quand je rentre chez moi, je suis salué par mon nègre qui se courbe jusqu'à terre, et embrasse mes souliers quand il veut obtenir quelque faveur ; je me suis donc créé une existence heureuse, calme et paisible, au milieu de la nature et de la science ; que n'en faites-vous autant ? qui vous en empêche ? on peut ce qu'on veut.

Pour vous, pour votre bonheur même, je vous conseille de ne plus penser à moi, de ne plus m'écrire. À quoi bon cette correspondance ? à quoi cela nous avancera-t-il, quand vous direz cent fois que vous m'aimez et que vous écrirez encore sur les marges, tout autant de fois : « Je t'aime » ?

Il faut donc oublier tout, madame, et ne plus penser à ce que nous avons été l'un vis-à-vis de l'autre ; n'avons-nous pas eu chacun ce que nous désirions ?

Ma position est à peu près faite ; je suis directeur principal de la commission des essais pour les mines, la fille du directeur de première classe est une charmante personne de dix-sept ans, son père a soixante mille livres de rentes, elle est fille unique, elle est douce et bonne, elle a beaucoup de jugement et s'entendra à merveille à diriger un ménage, à surveiller une maison.

Dans un mois, je me marie ; si vous m'aimez comme vous le dites toujours, cela doit vous faire plaisir, puisque je le fais pour mon bonheur.

Adieu, madame Willer, ne pensez plus à un homme qui a la délicatesse de ne plus vous aimer, et si vous voulez me rendre un dernier service, c'est de me faire passer au plus vite un demi-litre d'acide prussique, que vous donnera très bien, sur ma recommandation, le secrétaire de l'Académie des sciences ; c'est un chimiste fort habile.

Adieu, je compte sur vous, n'oubliez pas mon acide.

Ernest Vaumont

Quand Mazza eut lu cette lettre, elle poussa un cri inarticulé, comme si on l'eût brûlée avec des tenailles rouges.

Elle resta longtemps dans la consternation et la surprise. « Ah ! le lâche ! dit-elle enfin, il m'a séduite et il m'abandonne pour une autre ! Avoir tout donné pour lui, et n'avoir plus rien ! jeter tout à la mer et s'appuyer sur une planche, et la planche vous glisse des mains, et l'on sent qu'on s'enfonce sous les flots ! »

Elle l'aimait tant, cette pauvre femme ! elle lui avait donné sa vertu, elle lui avait prodigué son amour, elle avait renié Dieu, et puis encore – oh ! bien pis encore – son mari, ses enfants, qu'elle avait vus râler, mourir, en souriant, car elle pensait à lui. Que faire ? que devenir ? Une autre, une autre femme, à qui il va dire : « Je t'aime ! », à qui il va baiser les yeux, les seins, en l'appelant sa vie et sa passion ; une autre ! et elle ? en avait-elle eu d'autre que lui ? pour lui, n'avait-elle pas repoussé son mari dans la couche nuptiale ? ne l'avait-elle pas trompé de ses lèvres adultères ? ne l'avait-elle pas empoisonné en versant des larmes de joie ?

C'était son dieu et sa vie, il l'abandonne après s'être servi d'elle, après en avoir assez joui, assez usé ; voilà qu'il la repousse au loin, et la jette à l'abîme sans fond, celui du crime et du désespoir !

D'autres fois, elle ne pouvait en croire ses yeux, elle relisait cette lettre fatale et la couvrait de ses pleurs.

« Oh ! comment ! disait-elle après que l'abattement eut fait place à la rage, à la fureur, oh ! comment, tu me quittes ? mais je suis au monde, seule, sans famille, sans parents, car je t'ai donné et famille et parents ; seule, sans honneur, car je l'ai immolé pour toi ; seule, sans réputation, car je l'ai sacrifiée sous tes baisers, à la vue du monde entier qui m'appelait ta maîtresse. Ta maîtresse ! dont tu rougis maintenant, lâche !

» Et les morts, où sont-ils ?

» Que faire ? que devenir ? J'avais une seule idée, une seule chose au cœur, elle me manque ; irai-je te trouver ? mais tu me chasseras comme une esclave ; si je me jette au milieu des autres femmes, elles m'abandonneront en riant, me montreront du doigt avec fierté, car elles n'ont aimé personne, elles, elles ne connaissent pas les larmes. Oh ! tiens ! puisque je veux encore de l'amour, de la passion et de la vie, ils me diront sans doute d'aller quelque part où l'on vend, à prix fixe, de la volupté et des étreintes ; et le soir, avec mes compagnes de luxure, j'appellerai les passants à travers les vitres, et il faudra, quand ils seront venus, que je les fasse jouir bien fort, que je leur en donne pour leur argent, qu'ils s'en aillent contents, et que je ne me plaigne pas, encore, que je me trouve heureuse, que je rie à tout venant, car j'aurai mérité mon sort !

» Et qu'ai-je fait ? je t'ai aimé plus qu'un autre. Oh ! grâce ! Ernest ; si tu entendais mes cris, tu aurais peut-être pitié de moi, moi qui n'ai pas eu de pitié pour eux, car je me maudis maintenant ; je me roule ici dans l'angoisse et mes vêtements sont mouillés de mes larmes.

Et elle courait éperdue, puis elle tombait, se roulant par terre en maudissant Dieu, les hommes, la vie elle-même, tout ce qui vivait, tout ce qui pensait au monde ; elle arrachait de sa tête des poignées de cheveux noirs, et ses ongles étaient rouges de sang.

Oh ! ne pouvoir supporter la vie ! en être venue à se jeter dans les bras de la mort comme dans ceux d'une mère ! mais douter encore, au dernier moment, si la tombe n'a pas des supplices, et le néant des douleurs ! être dégoûtée de tout ! n'avoir plus de foi à rien, pas même à l'amour, la première religion du cœur, et ne pouvoir quitter ce malaise continuel, comme un homme qui serait ivre et qu'on forcerait à boire encore !

« Pourquoi donc es-tu venu dans ma solitude m'arracher à mon bonheur ? J'étais si confiante et si pure, et tu es venu pour m'aimer, et je t'ai aimé !

» Les hommes, cela est si beau quand ils vous regardent ! Tu m'as donné de l'amour, tu m'en refuses maintenant, et moi je l'ai nourri par des crimes ; voilà qu'il me tue aussi ! J'étais bonne alors, quand tu me vis, et maintenant je suis féroce et cruelle ; je voudrais avoir quelque chose à broyer, à déchirer, à flétrir, et puis après à jeter au loin, comme moi. Oh ! je hais tout, les hommes, Dieu ; et toi aussi je te hais, et pourtant je sens encore que pour toi je donnerais ma vie !

» Plus je t'aimais, plus je t'aimais encore, comme ceux qui se désaltèrent avec l'eau salée de la mer et que la soif brûle toujours. Et maintenant je vais mourir !... la mort ! plus rien, quoi ! des ténèbres, une tombe, et puis... l'immensité du néant. Oh ! je sens que je voudrais pourtant vivre et faire souffrir, comme j'ai souffert. Oh ! le bonheur ! où est-il ? mais c'est un rêve ; la vertu ? un mot ; l'amour ? une déception ; la tombe ? que sais-je ?

» Je le saurai.

IX

Elle se leva, essuya ses larmes, tâcha d'apaiser les sanglots qui lui brisaient la poitrine et l'étouffaient ; elle regarda dans une glace si ses yeux étaient encore bien rouges de pleurs, renoua ses cheveux, et sortit s'acquitter du dernier désir d'Ernest.

Mazza arriva chez le chimiste ; il allait venir. On la fit attendre dans un petit salon au premier, dont les meubles étaient couverts de drap rouge et de drap vert ; une table ronde en acajou au milieu, des lithographies représentant les batailles de Napoléon sur les lambris, et, sur la cheminée de marbre gris, une pendule en or où le cadran servait d'appui à un amour qui se reposait sur l'autre main sur ses flèches. La porte s'ouvrit comme la pendule sonnait 2 heures, le chimiste entra. C'était un homme petit et mince, l'air sec et des manières polies ; il avait des lunettes, des lèvres minces, de petits yeux renfoncés. Quand Mazza lui eut expliqué le motif de sa visite, il se mit à faire l'éloge de M. Ernest Vaumont, son caractère, son cœur, ses dispositions ; enfin il lui remit le flacon d'acide, la mena par la main au bas de l'escalier ; il se mouilla même les pieds dans la cour en la reconduisant jusqu'à la porte de la rue.

Mazza ne pouvait marcher dans les rues, tant sa tête était brûlante ; ses joues étaient pourpres et il lui sembla plusieurs fois que le sang allait lui sortir par les pores. Elle passa par des rues où la misère était affichée sur les maisons, comme ces filets de couleur qui tombent des murs blanchis, et en voyant la misère elle disait : Je vais me guérir de votre malheur » ; elle passa devant le palais des rois et dit, en serrant le poison dans ses deux mains : « Adieu, l'existence, je vais me guérir de vos soucis » ; en rentrant chez elle, avant de fermer sa porte, elle jeta un regard sur le monde qu'elle quittait, et sur la cité pleine de bruit, de rumeurs et de cris : « Adieu, vous tous ! » dit-elle.

X

Elle ouvrit son secrétaire, cacheta le flacon d'acide, y mit l'adresse et écrivit un autre billet ; il était adressé au commissaire central.

Elle sonna et le donna à un domestique.

Elle écrivit, sur un troisième feuillet :

J'aimais un homme ; pour lui j'ai tué mon mari, pour lui j'ai tué mes enfants ; je meurs sans remords, sans espoir, mais avec des regrets.

Elle le plaça sur sa cheminée.

« Encore une demi-heure, dit-elle ; bientôt il va venir et m'emmènera au cimetière. »

Elle ôta ses vêtements, et resta quelques minutes à regarder son beau corps que rien ne couvrait, à penser à toutes les voluptés qu'il avait données et aux jouissances immenses qu'elle avait prodiguées à son amant.

Quel trésor que l'amour d'une telle femme !

Enfin, après avoir pleuré, pensant à ses jours qui s'étaient enfuis, à son bonheur, à ses rêves, à ses caprices de jeunesse, et puis encore à lui, bien longtemps ; après s'être demandé ce que c'était que la mort, et s'être perdue dans ce gouffre sans fond de la pensée qui se ronge et se déchire de rage et d'impuissance, elle se releva tout à coup, comme d'un rêve, elle prit quelques gouttes du poison, qu'elle avait versé dans une tasse de vermeil, but avidement, et s'étendit, pour la dernière fois, sur ce sofa où, si souvent, elle s'était roulée dans les bras d'Ernest, dans les transports de l'amour.

XI

Quand le commissaire entra, Mazza râlait encore ; elle fit quelques bonds par terre, se tordit plusieurs fois ; tous ses membres se raidirent ensemble, elle poussa un cri déchirant.

Quand il approcha d'elle, elle était morte.

1837

LES FUNÉRAILLES DU DOCTEUR MATHURIN

Pourquoi ne t'offrirais-je pas encore ces nouvelles pages, cher Alfred ?[1]

De tels tableaux sont plus chers à celui qui les fait qu'à celui qui les reçoit, quoique ton amitié leur donne un prix qu'ils n'ont pas. Prends-les donc comme venant de deux choses qui sont à toi : et l'esprit qui les a conçues, et la main qui les a écrites.

Se sentant vieux, Mathurin voulut mourir, pensant bien que la grappe trop mûre n'a plus de saveur. Mais pourquoi, et comment cela ?

Il avait bien soixante-dix ans environ. Solide encore malgré ses cheveux blancs, son dos voûté et son nez rouge, en somme c'était une belle tête de vieillard. Son œil bleu était singulièrement pur et limpide, et des dents blanches et fines, sous de petites lèvres minces et bien ciselées, annonçaient une vigueur gastronomique rare à cet âge, où l'on pense le plus souvent à dire des prières et à avoir peur qu'à bien vivre.

Le vrai motif de sa résolution, c'est qu'il était malade et que tôt ou tard il fallait sortir d'ici-bas. Il aima mieux prévenir la mort que de se sentir arraché par elle. Ayant bien connu sa position, il n'en fut ni étonné ni effrayé, il ne pleura pas, il ne cria pas, il ne fit ni humbles prières ni exclamations ampoulées, il ne se montra ni stoïcien, ni catholique, ni psychologue, c'est-à-dire qu'il n'eut ni orgueil, ni crédulité, ni bêtise ; il fut grand dans sa mort, et son héroïsme surpassa celui d'Épaminondas, d'Annibal, de Caton, de tous les capitaines de l'Antiquité et de tous les martyrs chrétiens, celui du chevalier d'Assas, celui de Louis XVI, celui de saint Louis, celui de M. de Talleyrand mourant dans sa robe de chambre

---

1. Alfred Le Poittevin.

verte, et même celui de Fieschi, qui disait des pointes encore quand on lui coupa le cou ; tous ceux, enfin, qui moururent pour une conviction quelconque, par un dévouement quel qu'il soit, et ceux qui se fardèrent à la dernière heure encore pour être plus beaux, se drapant dans leur linceul comme dans un manteau de théâtre, capitaines sublimes, républicains stupides, martyrs héroïques et entêtés, rois détrônés, héros de bagne. Oui, tous ces courages-là furent surpassés par un seul courage, ces morts-là furent éclipsés par un seul mort, par le Dr Mathurin, qui ne mourut ni par conviction, ni par orgueil, ni pour jouer un rôle, ni par religion, ni par patriotisme, mais qui mourut d'une pleurésie qu'il avait depuis huit jours, d'une indigestion qu'il se donna la veille – la première de sa vie, car il savait manger.

Il se résigna donc, comme un héros, à franchir de plain-pied le seuil de la vie, à entrer dans le cercueil la tête haute ; je me trompe, car il fut enterré dans un baril. Il ne dit pas comme Caton : « Vertu, tu n'es qu'un nom », ni comme Grégoire VII : « J'ai fait le bien et fui l'iniquité, voilà pourquoi je meurs en exil », ni comme Jésus-Christ : « Mon père, pourquoi m'avez-vous délaissé » ; il mourut en disant tout bonnement : « Adieu, amusez-vous bien ! »

Un poète romantique aurait acheté un boisseau de charbon de terre et serait mort au bout d'une heure, en faisant de mauvais vers et en avalant de la fumée ; un autre se serait donné l'onglée, en se noyant dans la Seine au mois de janvier ; les uns auraient bu une détestable liqueur qui les aurait fait vomir avant de se rendormir, pleurant déjà sur cette bêtise ; un martyr se serait amusé à se faire couler du plomb dans la bouche et à gâter ainsi son palais ; un républicain aurait tenté d'assassiner le roi, l'aurait manqué et se serait fait couper la tête ; voilà de singulières gens ! Mathurin ne mourut pas ainsi, la philosophie lui défendait de se faire souffrir.

Vous me demanderez pourquoi on l'appelait docteur ? Vous le saurez un jour, car je puis bien vous le faire connaître plus au long, ceci n'étant que le dernier chapitre d'une longue œuvre qui doit me rendre immortel, comme toutes celles qui sont inédites. Je vous raconterai ses voyages, j'analyserai tous les livres qu'il a faits, je ferai un volume de notes sur ses commentaires et un appendice de papier blanc et de points d'exclamation à ses ouvrages de science, car c'était un savant des plus savants en toutes les sciences possibles. Sa modestie surpassait encore toutes ses connaissances, on ne croyait même pas qu'il sût lire ; il faisait des fautes de français, il est vrai, mais il savait l'hébreu et bien d'autres choses. Il connaissait la vie surtout, il savait à fond le cœur des hommes, et il n'y avait pas moyen d'échapper au critérium de son œil pénétrant et sagace ; quand il levait la tête, abaissait sa paupière, et vous regardait de côté en souriant, vous sentiez qu'une sonde magnétique entrait dans votre âme et en fouillait tous les recoins.

Cette lunette des contes arabes, avec laquelle l'œil perçait les murailles, je crois qu'il l'avait dans sa tête, c'est-à-dire qu'il vous dépouillait de vos vêtements et de vos grimaces, de tout le fard de vertu qu'on met sur ses rides, de toutes les béquilles qui vous soutiennent, de tous les talons qui vous haussent ; il arrachait aux hommes leur présomption, aux femmes leur pudeur, aux héros leur grandeur, au poète son enflure, aux mains sales leurs gants blancs. Quand un homme avait passé devant lui, avait dit deux mots, avancé de deux pas, fait le moindre geste, il vous le rendait nu, déshabillé et grelottant au vent.

Avez-vous quelquefois, dans un spectacle, à la lueur du lustre aux mille feux, quand le public s'agite tout palpitant, que les femmes parées battent des mains, et qu'on voit partout des sourires sur des lèvres roses, diamants qui brillent, vêtements blancs, richesses, joies, éclats, vous êtes-vous figuré toute cette lumière changée en ombre, ce bruit devenu silence et toute cette vie rentrée au néant, et, à la place de tous ces êtres décolletés, aux poitrines haletantes, aux cheveux noirs nattés sur des peaux blanches, des squelettes qui seront longtemps sous la terre où ils ont marché et réunis ainsi dans un spectacle pour s'admirer encore, pour voir une comédie qui n'a pas de nom, qu'ils jouent eux-mêmes, dont ils sont les acteurs éternels et immobiles ?

Mathurin faisait à peu près de même, car à travers le vêtement il voyait la peau, la chair sous l'épiderme, la moelle dans l'os, et il exhumait de tout cela lambeaux sanglants, pourriture du cœur, et souvent, sur des corps sains, vous découvrait une horrible gangrène.

Cette perspicacité, qui a fait les grands politiques, les grands moralistes, les grands poètes, n'avait servi qu'à le rendre heureux ; c'est quelque chose, quand on sait que Richelieu, Molière et Shakespeare ne le furent pas. Il avait vécu, poussé mollement par ses sens, sans malheur ni bonheur, sans effort, sans passion et sans vertu, ces deux meules qui usent les lames à deux tranchants. Son cœur était une cuve, où rien de trop ardent n'avait fermenté, et, dès qu'il l'avait crue assez pleine, il l'avait vite fermée, laissant encore de la place pour du vide, pour la paix. Il n'était donc ni poète ni prêtre, il ne s'était pas marié, il avait le bonheur d'être bâtard, ses amis étaient en petit nombre et sa cave était bien garnie ; il n'avait ni maîtresses qui lui cherchaient querelle, ni chien qui le mordît ; il avait une excellente santé et un palais extrêmement délicat. Mais je dois vous parler de sa mort.

Il fit donc venir ses disciples – il en avait deux – et il leur dit qu'il allait mourir, qu'il était las d'être malade et d'avoir été tout un jour à la diète.

C'était la saison dorée où les blés sont mûrs ; le jasmin, déjà blanc, embaume le feuillage de la tonnelle, on commence à courber la vigne, les raisins pendent en grappes sur les échalas, le rossignol chante sur la haie, on entend des rires d'enfants dans les bois, les foins sont enlevés.

Oh ! jadis les nymphes venaient danser sur la prairie et se formaient des guirlandes avec les fleurs des prés, la fontaine murmurait un roucoulement frais et amoureux, les colombes allaient voler sur les tilleuls. Le matin encore, quand le soleil se lève, l'horizon est toujours d'un bleu vaporeux et la vallée répand sur les coteaux un frais parfum, humide des baisers de la nuit et de la rosée des fleurs.

Mathurin, couché depuis plusieurs jours, dormait sur sa couche. Quels étaient ses songes ? Sans doute comme sa vie, calmes et purs. La fenêtre ouverte laissait entrer à travers la jalousie des rayons de soleil, la treille, grimpant le long de la muraille grise, nouait ses fruits mûrs aux branches mêlées de la clématite ; le coq chantait dans la basse-cour, les faneurs reposaient à l'ombre, sous les grands noyers aux troncs tapissés de mousses. Non loin, et sous les ormeaux, il y avait un rond de gazon où ils allaient souvent faire la méridienne, et dont la verdure touffue n'était seulement tachée que d'iris et de coquelicots. C'est là que, couchés sur le ventre ou assis et causant, ils buvaient ensemble pendant que la cigale chantait, que les insectes bourdonnaient dans les rayons du soleil, et que les feuilles remuaient sous le souffle chaud des nuits d'été.

Tout était paix, calme et joie tranquille. C'est là que dans un oubli complet du monde, dans un égoïsme divin, ils vivaient, inactifs, inutiles, heureux. Ainsi, pendant que les hommes travaillaient, que la société vivait avec ses lois, avec son organisation multiple, tandis que les soldats se faisaient tuer et que les intrigants s'agitaient, eux, ils buvaient, ils dormaient. Accusez-les d'égoïsme, parlez de devoir, de morale, de dévouement ; dites encore une fois qu'on se doit au pays, à la société ; rabâchez bien l'idée d'une œuvre commune, chantez toujours cette magnifique trouvaille du plan de l'univers, vous n'empêcherez pas qu'il y ait des gens sages et des égoïstes, qui ont plus de bon sens avec leur ignoble vice que vous autres avec vos sublimes vertus.

Ô hommes, vous qui marchez dans les villes, faites les révolutions, qui abattez les trônes, remuez le monde, et qui, pour faire regarder vos petits fronts, faites bien de la poussière sur la route battue du genre humain, je vous demande un peu si votre bruit, vos chars de triomphe et vos fers, si vos machines et votre charlatanisme, si vos vertus, si tout cela vaut une vie calme et tranquille, où l'on ne casse rien que des bouteilles vides, où il n'y a d'autre fumée que celle d'une pipe, d'autre dégoût que celui d'avoir trop mangé.

Ainsi vivaient-ils, et pendant que le sang coulait dans les guerres civiles, que le gouvernail de l'État était disputé entre des pirates et des ineptes, et qu'il se brisait dans la tempête, pendant que les empires s'écroulaient, qu'on assassinait et qu'on vivait, qu'on faisait des livres sur la vertu et que l'État ne vivait que de vices splendides, qu'on donnait des prix de morale et qu'il n'y avait de beau que les grands crimes, le soleil pour eux faisait toujours mûrir leurs raisins, les arbres avaient tout autant de feuilles vertes, ils dormaient toujours sur la mousse des bois, et faisaient rafraîchir leur vin dans l'eau des lacs.

Le monde vivait loin d'eux, et le bruit même de ses cris n'arrivait pas jusqu'à leurs pieds, une parole rapportée des villes aurait troublé le calme de leurs cœurs ; aucune bouche profane ne venait boire à cette coupe de bonheur exceptionnel, ils ne recevaient ni livres, ni journaux, ni lettres, la bibliothèque commune se composait d'Horace, de Rabelais – ai-je besoin de dire qu'il y avait toutes les éditions de Brillat-Savarin et du *Cuisinier* ? Pas un bout de politique, pas un fragment de controverse, de philosophie ou d'histoire, aucun des hochets sérieux dont s'amusent les hommes ; n'avaient-ils pas toujours devant eux la nature et le vin, que fallait-il de plus ? Indiquez-moi donc quelque chose qui surpasse la beauté d'une belle campagne illuminée de soleil et la volupté d'une amphore pleine d'un vin limpide et pétillant ? et d'abord, quelle qu'elle soit, la réponse que vous allez faire les aurait fait rire de pitié, je vous en préviens.

Cependant Mathurin se réveilla ; ils étaient là au bout de son lit ; il leur dit :

— À boire, pour vous et pour moi ! trois verres et plusieurs bouteilles ! Je suis malade, il n'y a plus de remède, je veux mourir, mais avant j'ai soif, et très soif... Je n'ai aucune soif des secours de la religion ni aucune faim d'hostie, buvons donc pour nous dire adieu.

On apporta des bouteilles de toutes les espèces et des meilleures, le vin ruissela à flots pendant vingt heures, et avant l'aurore ils étaient gris.

D'abord ce fut une ivresse calme et logique, une ivresse douce et prolongée à loisir. Mathurin sentait sa vie s'en aller et, comme Sénèque, qui se fit ouvrir les veines et mettre dans un bain, il se plongea avant de mourir dans un bain d'excellent vin, baigna son cœur dans une béatitude qui n'a pas de nom, et son âme s'en alla droit au Seigneur, comme une outre pleine de bonheur et de liqueur.

Quand le soleil se fut baissé, ils avaient déjà bu, à trois, quinze bouteilles de beaune (1re qualité 1834) et fait tout un cours de théodicée et de métaphysique.

Il résuma toute sa science dans ce dernier entretien.

Il vit l'astre s'abaisser pour toujours et fuir derrière les collines ; alors, se levant et tournant les yeux vers le couchant, il regarda la campagne s'endormir au crépuscule. Les troupeaux descendaient, et les clochettes des vaches sonnaient dans les clairières, les fleurs allaient fermer leur corolle, et des rayons du soleil couchant dessinaient sur la terre des cercles lumineux et mobiles ; la brise des nuits s'éleva, et les feuilles des vignes, à son souffle, battirent sur leur treillage, elle pénétra jusqu'à eux et rafraîchit leurs joues enflammées.

— Adieu, dit Mathurin, adieu ! demain, je ne verrai plus ce soleil, dont les rayons éclaireront mon tombeau, puis ses ruines, et sans jamais venir à moi. Les ondes couleront toujours, et je n'entendrai pas leur murmure. Après tout, j'ai vécu, pourquoi ne pas mourir ? La vie est un fleuve, la mienne a coulé entre des prairies pleines de fleurs, sous un ciel pur, loin des tempêtes et des nuages, je suis à l'embouchure, je me jette dans l'océan, dans l'infini ; tout à l'heure, mêlé au tout immense et sans bornes, je n'aurai plus la conscience de mon néant. Est-ce que l'homme est quelque chose de plus qu'un simple grain de sel de l'océan ou qu'une bulle de mousse sur le tonneau de l'Électeur ?

» Adieu donc, vents du soir, qui soufflez sur les roses penchées, sur les feuilles palpitantes des bois endormis, quand les ténèbres viennent : elles palpiteront longtemps encore, les feuilles des orties qui croîtront sur les débris cassés de ma tombe. Naguère, quand je passais, riant, près des cimetières, et qu'on entendait ma voix chanter le long du mur, quand le hibou battait de l'aile sur les clochers, que les cyprès murmuraient les soupirs des morts, je jetais un œil calme sur ces pierres qui recelaient l'éternité tout entière avec les débris de cadavres ; c'était pour moi un autre monde, où ma pensée même pouvait à peine m'y transporter, dans l'infini d'une vague rêverie.

» Maintenant, mes doigts tremblants touchent aux portes de cet autre monde, et elles vont s'ouvrir, car j'en remue le marteau d'un bras de colère, d'un bras désespéré.

» Que la mort vienne, qu'elle vienne ! elle me prendra tout endormi dans son linceul, et j'irai continuer le songe éternel sous l'herbe douce du printemps ou sous la neige des hivers, qu'importe ! et mon dernier sourire sera pour elle, je lui donnerai des baisers pleins de vin, un cœur plein de la vie et qui n'en veut plus, un cœur ivre et qui ne bat pas.

» La souveraine beauté, le souverain bonheur, n'est-ce pas le sommeil ? et je vais dormir, dormir sans réveil, longtemps, toujours. Les morts...

À cette belle phrase graduée, il s'interrompit pour boire et continua :

— La vie est un festin. Il y en a qui meurent gorgés de suite et qui tombent sous la table ; d'autres rougissent la nappe de sang et de souillures sans nombre, ceux qui n'y versent que des taches de vin et pas de larmes ; d'autres sont étourdis des lumières, du bruit, dégoûtés du fumet des mets, gênés par la cohue, baissant la tête et se mettant à pleurer. Heureux les sages, qui mangent longuement, écartent les convives avides, les valets impudents qui les tiraillent, et qui peuvent, le dernier jour, au dessert, quand les uns dorment, que les autres sont ivres dès le premier service, qu'un grand nombre sont partis malades, boire enfin les vins les plus exquis, savourer les fruits les plus mûrs, jouir lentement des dernières fins de l'orgie, vider le reste, d'un grand coup, éteindre les flambeaux, et mourir !

Comme l'eau limpide que la nymphe de marbre laisse tomber murmurante de sa conque d'albâtre, il continua ainsi longtemps de parler, de cette voix grave et voluptueuse à la fois, pleine de cette mélancolie gaie qu'on a dans les suprêmes moments, et son âme s'épanchait de ses lèvres comme l'eau limpide.

La nuit était venue, pure, amoureuse, une nuit bleue, éclairée d'étoiles ; pas un bruit, que celui de la voix de Mathurin qui parla longtemps à ses amis. Ils l'écoutaient en le contemplant. Assis sur sa couche, son œil commençait à se fermer, la flamme blanche des bougies remuait au vent, l'ombre, qu'elle rayait, tremblait sur le lambris, le vin pétillait dans les verres et l'ivresse sur leurs figures ; assis sur le bord de la tombe, Mathurin y avait posé sa gourde, elle ne se fermera que quand il l'aura bue.

Vienne donc cette molle langueur des sens, qui enivre jusqu'à l'âme ; qu'elle le balance dans une mollesse infinie, qu'il s'endorme en rêvant de joies sans nombre, en disant aussi *nunc pulsanda tellus* ; que les nymphes antiques jettent leurs roses embaumées sur ses draps rougis, dont il fait son linceul, et viennent danser devant lui dans une ronde gracieuse, et, pour adieu, toutes les beautés que le cœur rêve, le charme des premières amours, la volupté des plus longs baisers et des plus suaves regards ; que le ciel se fasse plus étoilé et ait une nuit plus limpide ; que des clartés d'azur viennent éclairer les joies de cette agonie, fassent le vent plus frais, plus embaumant ; que des voix s'élèvent de dessus l'herbe et chantent, pendant qu'il boit les dernières gouttes de la vie ; que ses yeux fermés tressaillent comme sous le plus tendre embrassement ; que tout soit, pour cet homme, bonheur jusqu'à la mort, paix jusqu'au néant ; que l'éternité ne soit qu'un lit pour le bercer dans les siècles !

Mais, regardez-les. Jacques s'est levé et a fermé la fenêtre ; le vent venait sur Mathurin, il commençait à claquer des dents ; ils ont rapproché plus près la table ronde du lit, la fumée de leurs pipes monte au plafond et se répand en nuages bleus qui montent ; on entend leurs verres s'entrechoquer et leurs paroles ; le vin tombe par terre, ils jurent, ils ricanent ; cela va devenir horrible, ils vont se mordre. Ne craignez rien, ils mordent une poularde grasse, et les truffes qui s'échappent de leurs lèvres rouges roulent sur le plancher.

Mathurin parle politique.

— La démocratie est une bonne chose pour les gens pauvres et de mauvaise compagnie, on parviendra peut-être un jour, hélas ! à ce que tous les hommes puissent boire de la piquette. De ce jour-là, on ne boira plus de constance. Si les nobles, dont la tyrannie – ils avaient de si bons cuisiniers ! – ... j'en étais donc à la Révolution... Pauvres moines ! ils cultivaient si bien la vigne ! Ainsi Robespierre... Oh ! le drôle de corps, qui mangeait de la vache chez un menuisier, et qui est resté pur au pouvoir, et qui a la plus exécrable réputation... bien méritée ! S'il avait eu un peu plus d'esprit, qu'il eût ruiné l'État, entretenu des maîtresses sur les fonds publics, bu du vin au lieu de répandre du sang, ce serait un homme justement, dignement vertueux... Je disais donc que Fourier... un bien beau morceau sur l'art culinaire... ce qui n'empêche que Washington ne fût un grand homme, et Montyon quelque chose de surhumain, de divin, presque de sur-stupide ; il s'agirait de définir la vertu avant d'en décerner les prix. Celui qui en aurait donné une bonne classification, qui, auparavant, l'aurait bien établie avec des caractères tranchés, nettement exprimés, positifs en un mot, celui-là aurait mérité un prix extraordinaire, j'en conviens ; il lui aurait fallu déterminer jusqu'à quel point l'orgueil entre dans la grandeur, la niaiserie dans la bienfaisance, marquer la limite précise de l'intérêt et de la vanité ; il aurait fallu citer des exemples, faire comprendre trois mots incompréhensibles : moralité, liberté, devoir, et montrer – ç'aurait été le sublime de la proposition et on aurait pu enfermer ça dans une période savante – comme les hommes sont libres tout en ayant des devoirs, comme ils peuvent avoir des devoirs puisqu'ils sont libres ; s'étendre longuement aussi, par manière de hors-d'œuvre et de digression favorable, sur la vertu récompensée et le vice puni ; on soutiendrait historiquement que Nabuchodonosor, Alexandre, Sésostris, César, Tibère, Louis XI, Rabelais, Byron, Napoléon et le marquis de Sade étaient des imbéciles, et que Mardochée, Caton, Brutus, Vespasien, Édouard le Confesseur, Louis XII, Lafayette, Montyon, l'homme au manteau bleu, et Parmentier, et Poivre, étaient des grands hommes, des grands génies, des dieux, des êtres...

Mathurin se mit à rire en éternuant, sa face se dilatait, tous ses traits étaient plissés par un sourire diabolique, l'éclair jaillissait de ses yeux, le spasme saccadait ses épaules ; il continua :

— Vive la philanthropie ! – un verre de frappé ! – l'histoire est une science morale par-dessus tout, à peu près comme la vue d'une maison de filles et celle d'un échafaud plein de sang ; les faits prouvent pourtant que tout est pour le mieux. Ainsi les Hébreux, assassinés par leurs vainqueurs, chantaient des psaumes que nous admirons comme poésie lyrique ; les chrétiens, qu'on égorgeait, ne se doutaient pas qu'ils fondaient une poésie aussi, une société pure et sans tache ; Jésus-Christ, mort et descendant de sa croix, fournit, au bout de seize siècles, le sujet d'un beau tableau ; les Croisades, la Réforme, Quatre-vingt-treize, la philosophie, la philanthropie qui nourrit les hommes avec des pommes de terre et les vaches avec des betteraves, tout cela a été de mieux en mieux ; la poudre à canon, la guillotine, les bateaux à vapeur et les tartes à la crème sont des inventions utiles, vous l'avouerez, à peu près comme le tonnerre ; il y a des hommes réduits à l'état de terre-neuviens, et qui sont chargés de donner la vie à ceux qui veulent la perdre, ils vous coupent la plante des pieds pour vous faire ouvrir les yeux, et vous abîment de coups de poing pour vous rendre heureux ; ne pouvant plus marcher, on vous conduit à l'hôpital, où vous mourez de faim, et votre cadavre sert encore après vous à faire dire des bêtises sur chaque fibre de votre corps et à nourrir de jeunes chiens qu'on élève pour des expériences. Ayez la ferme conviction d'une providence éternelle, et du sens commun des nations. Combien y a-t-il d'hommes qui en aient ?... Le bordeaux se chauffe toujours... l'ordre des comestibles est des plus substantiels aux plus légers, celui des boissons des plus tempérées aux plus fumeuses et aux plus parfumées... si vous voulez qu'une alouette soit bonne, coupez par le milieu.

— Et la Providence, maître ?

— Oui, je crois que le soleil fait mûrir le raisin, et qu'un gigot de chevreuil mariné est une bonne chose... tout n'est pas fini, et il y a deux sciences éternelles : la philosophie et la gastronomie. Il s'agit de savoir si l'âme va se réunir à l'essence universelle, ou si elle reste à part comme individu, et où elle va, dans quel pays... et comment on peut conserver longtemps du bourgogne... Je crois qu'il y a encore une meilleure manière d'arranger le homard... et un plan nouveau d'éducation, mais l'éducation ne perfectionne guère que les chiens quant au côté moral. J'ai cru longtemps à l'eau de Seltz et à la perfectibilité humaine, je suis convaincu maintenant de l'absinthe ; elle est comme la vie : ceux qui ne savent pas la prendre font la grimace.

— Nierez-vous donc l'immortalité de l'âme ?

— Un verre de vin !

— La récompense et le châtiment ?

— Quelle saveur ! dit Mathurin après avoir bu et contractant ses lèvres sur ses dents.

— Le plan de l'univers, qu'en pensez-vous ?

— Et toi, que penses-tu de l'étoile de Sirius ? penses-tu mieux connaître les hommes que les habitants de la lune ? l'histoire même est un mensonge réel.

— Qu'est-ce que cela veut dire ?

— Cela veut dire que les faits mentent, qu'ils sont et qu'ils ne sont plus, que les hommes vivent et meurent, que l'être et le néant sont deux faussetés qui n'en font qu'une, qui est le *toujours* !

— Je ne comprends pas, maître.

— Et moi, encore moins, répondit Mathurin.

— Cela est bien profond, dit Jacques aux trois quarts ivre, et il y a sous ce dernier mot une grande finesse.

— N'y a-t-il pas, entre moi et vous deux, entre un homme et un grain de sable, entre aujourd'hui et hier, cette heure-ci et celle qui va venir, des espaces que la pensée ne peut mesurer et des mondes de néants entiers qui les remplissent ? La pensée même, peut-elle se résumer ? Te sens-tu dormir ? et lorsque ton esprit s'élève et s'en va de son enveloppe, ne crois-tu pas quelquefois que tu n'es plus, que ton corps est tombé, que tu marches dans l'infini comme le soleil, que tu roules dans un gouffre comme l'océan sur son lit de sable, et ton corps n'est plus ton corps, cette chose tourmentée, qui est sur toi, n'est qu'un voile rempli d'une tempête qui bat ? t'es-tu pris à douter de la nature, de la sensation elle-même ? Prends un grain de sable, il y a là un abîme à creuser pendant des siècles ; palpe-toi bien pour voir si tu existes, et quand tu sauras que tu existes, il y a là un infini que tu ne sonderas pas.

Ils étaient gris, ils ne comprenaient guère une tartine métaphysique aussi plate.

— Cela veut dire que l'homme voit aussi clair en lui et autour de lui que si tu étais tombé ivre mort au fond d'une barrique de vin plus grande que l'Atlantique. Soutenir ensuite qu'il y a quelque chose de beau dans la création, vouloir faire un concert de louanges avec tous les cris de malédiction qui retentissent, de sanglots qui éclatent, de ruines qui croulent, c'est là la philosophie de l'histoire, disent-ils ; quelle philosophie ! Élevez-moi une pyramide de têtes de morts et vantez la vie ! chantez la beauté des fleurs, assis sur un fumier ! le calme et le murmure des ondes, quand l'eau salée entre par les sabords et que le navire sombre : ce que l'œil peut saisir, c'est un horrible fracas d'une agonie éternelle. Regardez un peu la cataracte qui tombe de la montagne, comme son onde bouillonnante entraîne avec elle les débris de la prairie, le feuillage encore vert de la forêt cassé par les vents, la boue des ruisseaux, le sang répandu, les chars qui allaient ; cela est beau et superbe. Approchez, écoutez donc l'horrible râle de cette agonie sans nom, levez les yeux, quelle beauté ! quelle horreur ! quel abîme ! Allez encore, fouillez, déblayez les ruines sans nom, sous ces ruines-là d'autres encore, et toujours ; passez vingt générations de morts entassés les uns sur les autres, cherchez des empires perdus sous le sable du désert, et des palais d'avant le déluge sous l'océan, vous trouverez peut-être encore des temps inconnus, une autre histoire, un autre monde, d'autres siècles titaniques, d'autres calamités, d'autres désastres, des ruines fumantes, du sang figé sur la terre, des ossements broyés sous les pas.

Il s'arrêta, essoufflé, et ôta son bonnet de coton ; ses cheveux, mouillés de sueur, étaient collés en longues mèches sur son front pâle. Il se lève et regarde autour de lui, son œil bleu est terne comme le plomb, aucun sentiment humain ne scintille de sa prunelle, c'est déjà quelque chose de l'impassibilité du tombeau. Ainsi, placé sur son lit de mort et dans l'orgie jusqu'au cou, calme entre le tombeau et la débauche, il semblait être la statue de la dérision, ayant pour piédestal une cuve et regardant la mort face à face.

Tout s'agite maintenant, tout tourne et vacille dans cette ivresse dernière ; le monde danse au chevet de mort de Mathurin. Au calme heureux des premières libations succèdent la fièvre et ses chauds battements, elle va augmentant toujours, on la voit qui palpite sous leur peau, dans leurs veines bleues gonflées ; leurs cœurs battent, ils soufflent eux-mêmes, on entend le bruit de leurs haleines et les craquements du lit qui ploie sous les soubresauts du mourant.

Il y a dans leur cœur une force qui vit, une colère qu'ils sentent monter graduellement du cœur à la tête ; leurs mouvements sont saccadés, leur voix est stridente, leurs dents claquent sur les verres ; ils boivent, ils boivent toujours, dissertant, philosophant, cherchant la vérité au fond du verre, le bonheur dans l'ivresse et l'éternité dans la mort. Mathurin seul trouva la dernière.

Cette dernière nuit-là, entre ces trois hommes, il se passa quelque chose de monstrueux et de magnifique. Si vous les aviez vus ainsi épuiser tout, tarir tout, exprimer les saveurs des plus pures voluptés, les parfums de la vertu et l'enivrement de toutes les chimères du cœur, et la politique, et la morale, la religion, tout passa devant eux et fut salué d'un rire grotesque et d'une grimace qui leur fit peur ; la métaphysique fut traitée à fond dans l'intervalle d'un quart d'heure, et la morale en se soûlant d'un douzième petit verre. Et pourquoi pas ? si cela vous scandalise, n'allez pas plus loin, je rapporte les faits. Je continue, je vais aller vite dans le dénombrement épique de toutes les bouteilles bues.

C'est le punch maintenant qui flamboie et qui bout. Comme la main qui le remue est tremblante, les flammes qui s'échappent de la cuillère tombent sur les draps, sur la table, par terre, et font autant de feux follets qui s'éteignent et qui se rallument. Il n'y eut pas de sang avec le punch, comme il arrive dans les romans de dernier ordre et dans les cabarets où l'on ne vend que de mauvais vin, et où le bon peuple va s'enivrer avec de l'eau-de-vie de cidre.

Elle fut bruyante, car ils vocifèrent horriblement ; ils ne chantent pas, ils causent, ils parlent haut, ils crient fort, ils rient sans savoir pourquoi, le vin les fait rire. Et leur âme cède à l'excitation des nerfs, voilà le tourbillon qui l'enlève, l'orgie écume, les flambeaux sont éteints, le punch brûle partout. Mathurin bondit, haletant, sur sa couche tachée de vin.

— Allons ! poussons toujours, encore... oui, encore cela ! du kirsch, du rhum, de l'eau et du kirsch, encore... faites brûler, que cela flambe et que cela soit chaud, bouillant... casse la bouteille, buvons à même !

Et quand il eut fini, il releva la tête, tout fier, et regarda les deux autres, les yeux fixes, le cou tendu, la bouche souriante ; sa chemise était trempée d'eau-de-vie, il suait à grosses gouttes, l'agonie venait. Une fumée lourde montait au plafond, une heure sonna, le temps était beau, la lune brillait au ciel entre le brouillard, la colline verte, argentée par ses clartés, était calme et dormeuse, tout dormait. Ils se remirent à boire et ce fut pis encore ; c'était de la frénésie, c'était une fureur de démons ivres.

Plus de verres ni de coupes larges ; à même, maintenant, leurs doigts pressent la bouteille à la casser sous leurs efforts ; étendus sur leurs chaises, les jambes raides et dans une raideur convulsive, la tête en arrière, le cou penché, les yeux au ciel, le goulot sur la bouche, le vin coule toujours et passe sur leur palais ; l'ivresse vient à plein courant, ils boivent à même, elle les emplit, le vin entre dans leur sang et le fait battre à pleine veine ; ils en sont immobiles, ils se regardent avec des yeux ouverts et ne se voient pas. Mathurin veut se retourner et soupire ; les draps, ployés sous lui, lui entrent dans la chair, il a les jambes lourdes et les reins fatigués ; il se meurt, il boit encore, il ne perd pas un instant, pas une minute ; entré dans le cynisme, il y marchera de toute sa force, il s'y plonge et il y meurt, dans le dernier spasme de son orgie sublime.

Sa tête est penchée de côté, son corps alangui, il remue les lèvres machinalement et vivement, sans articuler aucune parole ; s'il avait les yeux fermés, on le croirait mort ; il ne distingue rien. On entend le râle de sa poitrine, et il se met à frapper dessus avec les deux poings ; il prend encore un carafon et veut le boire.

Le prêtre entre, il le lui jette à la tête, salit le surplis blanc, renverse le calice, effraie l'enfant de chœur, en prend un autre et se le verse dans la bouche en poussant un hurlement de bête fauve ; il tord son corps comme un serpent, il se remue, il crie, il mord ses draps, ses ongles s'accrochent sur le bois de son lit ; puis tout s'apaise, il s'étend encore, parle bas à l'oreille de ses disciples, et il meurt doucement, heureux, après leur avoir fait connaître ses suprêmes volontés et ses caprices par-delà le tombeau.

Ils obéirent. Dès le lendemain soir, ils le prennent à eux, ils le retirent de son lit, le roulent dans ses draps rouges, le prennent à eux deux : à Jacques la tête, à André les deux pieds – et ils s'en vont.

Ils descendent l'escalier, traversent la cour, la masure plantée de pommiers, et les voilà sur la grande route, portant leur ami à un cimetière désigné.

C'était un dimanche soir, un jour de fête, une belle soirée ; tout le monde était sorti, les femmes en rubans roses et bleus, les hommes en pantalon blanc ; il fallut se garer, aux approches de la ville, des charrettes, des voitures, des chevaux, de la foule, de la cohue de canailles et d'honnêtes gens qui formaient le convoi de Mathurin, car aucun roi n'eut jamais tant de monde à ses funérailles. On se marchait sur les pieds, on se coudoyait et on jurait, on voulait voir, voir à toutes forces – bien peu savaient quoi – les uns par curiosité, d'autres poussés par leurs voisins ; les uns étaient scandalisés, rouges de colère, furieux ; il y en avait aussi qui riaient.

Un moment – on ne sut pourquoi – la foule s'arrêta, comme vous la voyez dans les processions lorsque le prêtre stationne à un reposoir ; ils venaient d'entrer dans un cabaret. Est-ce que le mort, par hasard, venait de ressusciter et qu'on lui faisait prendre un verre d'eau sucrée ? Les philosophes buvaient un petit verre, et un troisième fut répandu sur la tête de Mathurin. Il sembla alors ouvrir les yeux ; non, il était mort.

Ce fut pis une fois entrés dans le faubourg ; à tous les bouchons, cabarets, cafés, ils entrent ; la foule s'ameute, les voitures ne peuvent plus circuler, on marche sur les pattes des chiens qui mordent, et sur les cors des citoyens, qui font la moue ; on se porte, on se soulève, vous dis-je, on court de cabaret en cabaret, on fait place à Mathurin porté par ses deux disciples, on l'admire, pourquoi pas ? On les voit ouvrir ses lèvres et passer du liquide dans sa bouche, la mâchoire se referme, les dents tombent les unes sur les autres et claquent à vide, le gosier avale, et ils continuent.

Avait-il été écrasé ? s'était-il suicidé ? était-ce un martyr du gouvernement ? la victime d'un assassinat ? s'était-il noyé ? asphyxié ? était-il mort d'amour ou d'indigestion ? Un homme tendre ouvrit de suite une souscription, et garda l'argent ; un moraliste fit une dissertation sur les funérailles et prouva qu'on devait s'enterrer puisque les taupes elles-mêmes s'enterraient ; il parla au nom de la morale outragée ; on l'avait d'abord écouté, car son discours commençait par des injures, on lui tourna bientôt le dos, un seul homme le regardait attentivement, c'était un sourd. Même, un républicain proposa d'ameuter le peuple contre le roi, parce que le pain était trop cher et que cet homme venait de mourir de faim ; il le proposa si bas que personne ne l'entendit.

Dans la ville, ce fut pis, et la cohue fut telle qu'ils entrèrent dans un café pour se dérober à l'enthousiasme populaire. Grand fut l'étonnement des amateurs de voir arriver un mort au milieu d'eux ; on le coucha sur une table de marbre, avec des dominos ; Jacques et André s'assirent à une autre et remplirent les intentions du bon docteur. On se presse autour d'eux et on les interroge : d'où viennent-ils ? qu'est-ce donc ? pourquoi ? – point de réponse.

— Alors c'est un pari, ce sont des prêtres indiens, et c'est comme cela qu'ils enterrent leurs gens.

— Vous vous trompez, ce sont des Turcs !

— Mais ils boivent du vin.

— Quel est donc ce rite-là ? dit un historien.

— Mais c'est abominable ! c'est horrible ! cria-t-on, hurla-t-on.

— Quelle profanation ! quelle horreur ! dit un athée.

Un valet de bourreau trouva que c'était dégoûtant et un voleur soutint que c'était immoral.

Le jeu de billard fut interrompu, ainsi que la politique de café ; un cordonnier interrompit sa dissertation sur l'éducation, et un poète élégiaque, abîmé de vin blanc et plein d'huî-tres, osa hasarder le mot « ignoble ».

Ce fut un brouhaha, un oh ! d'indignation ; beaucoup furent furieux, car les garçons tardaient à apporter leurs pla-teaux ; les hommes de lettres, qui lisaient leurs œuvres dans les revues, levèrent la tête et jurèrent, sans même parler fran-çais. Et les journalistes ! quelle colère ! quelle sainte indigna-tion, que celle de ces paillasses littéraires ! Vingt journaux s'en emparèrent, et chacun fit là-dessus quinze articles à huit colonnes avec des suppléments, on en placarda sur les murs, ils les applaudissaient, ils les critiquaient, faisaient la critique de leur critique et des louanges de leur louange ; on en revint à l'Évangile, à la morale et à la religion, sans avoir lu le premier, pratiqué la seconde ni cru à la dernière ; ce fut pour eux une bonne fortune, car ils avaient eu le courage de dire, à douze, des sottises à deux, et un d'eux, même, alla jusqu'à donner un soufflet à un mort. Quel dithyrambe sur la litté-rature, sur la corruption des romans, sur la décadence du goût, l'immoralité des pauvres poètes qui ont du succès ! Quel bonheur pour tout le monde, qu'une aventure pareille, puis-qu'on en tira tant de belles choses, et, de plus, un vaudeville et un mélodrame, un conte moral et un roman fantastique !

Cependant ils étaient sortis et avaient bientôt traversé la ville, au milieu de la foule scandalisée et réjouie. La nuit venue, ils étaient hors barrière, ils s'endormirent tous les trois [sic] au pied d'un mulon de foin, dans la campagne.

Les nuits sont courtes en été, le jour vint, et ses premières blancheurs saillirent à l'horizon de place en place ; la lune devint toute pâle et disparut dans le brouillard gris. Cette fraîcheur du matin, pleine de rosée et du parfum des foins, les réveilla ; ils se remirent en route, car ils avaient bien encore une bonne lieue à faire, le long de la rivière, dans les herbes, par un sentier serpentant comme l'eau. À gauche, il y avait le bois, dont les feuilles toutes mouillées brillaient sous les rayons du soleil, qui passaient entre les pieds des arbres, sur la mousse, dans les bouleaux ; le tremble agitait son feuillage d'argent, les peupliers remuaient lentement leur tête droite, les oiseaux gazouillaient déjà, chantaient, laissant s'envoler leurs notes perlées ; le fleuve, de l'autre côté, au pied des masures de chaume, le long des murailles, coulait, et on voyait les arbres laisser tomber les massifs de leurs feuilles et leurs fruits mûrs.

C'était la prairie et le bois, on entendait un vague bruit de chariot dans les chemins creux, et celui que les pas faisaient sur les herbes foulées ; et çà et là, comme des corbeilles de verdure, des îles jetées dans le courant, leurs bords tapissés de vignobles descendant jusqu'au rivage, que les flots venaient baiser avec cette lenteur harmonieuse des ondes qui coulent.

Ah ! c'était bien là que Mathurin voulut dormir, entre la forêt et le courant, dans la prairie. Ils l'y portèrent et lui creusèrent là son lit, sous l'herbe, non loin de la treille qui jaunissait au soleil et de l'onde qui murmurait sur le sable caillouteux de la rive.

Des pêcheurs s'en allaient avec leurs filets et, penchés sur leurs rames, ils tiraient la barque qui glissait vite ; ils chantaient, et leur voix allait, portée le long de l'eau, et l'écho en frappait les coteaux voisins. Eux aussi, quand tout fut prêt, se mirent à chanter un hymne aux sons harmonieux et lents, qui s'en alla comme le chant des pêcheurs, comme le courant de la rivière, se perdre à l'horizon, un hymne au vin, à la nature, au bonheur, à la mort. Le vent emportait leurs paroles, les feuilles venaient tomber sur le cadavre de Mathurin ou sur les cheveux de ses amis. La fosse ne fut pas creuse, et le gazon le recouvrit, sans pierre ciselée, sans marbre doré ; quelques planches d'une barrique cassée, qui se trouvaient là, par hasard, furent mises sur son corps afin que les pas ne l'écrasent pas.

Et alors, ils tirèrent chacun deux bouteilles, en burent deux, et cassèrent les deux autres. Le vin tomba en bouillons rouges sur la terre, la terre le but vite et alla porter jusqu'à Mathurin le souvenir des dernières saveurs de son existence et réchauffer sa tête couchée sous la terre.

On ne vit plus que les restes des deux bouteilles, ruines comme les autres ; elles rappelaient des joies, et montraient un vide.

Vendredi, 30 août 1839

TABLE

La Peste à Florence 5

Quidquid volueris 19

Passion et vertu 49

Les Funérailles du docteur Mathurin 77

Librio

556

Composition PCA à Rezé
Achevé d'imprimer en Europe
à Pössneck (Thuringe, Allemagne)
en octobre 2002 pour le compte de E.J.L.
84, rue de Grenelle, 75007 Paris
Dépôt légal octobre 2002

Diffusion France et étranger : Flammarion